• 衛斯理小說典藏版 09 •

不死藥

衛斯理
親自演繹衛斯理

《不死藥》

新之又新的序言，最新的

衛斯理小說從第一次出版至今，歷時已近半世紀，總共出了多少正版，還能計得清，若是連盜版一起算，那就算找外星人來算，也算勿清楚哉！不知能不能也算世界記錄。

算得清好，算勿清也好，能幾十年來不斷出新版，說明不斷有讀者加入，對作者來說，沒有更值得高興的事了，謝謝所有喜歡衛斯理的人，謝謝謝謝。

倪匡

二〇二〇年六月四日 香港

幾句話

寫了四十多年小說，論者將拙作分為三個時期：早、中、晚。在明窗出版的一批，屬於早期和中期的上半。三個時期的創作風格有相當程度的不同，所以風評不一。本人並無偏愛，但讀友對早期的作品，頗有好評，大抵是由於在早、中期作品之中，主要人物精力充沛，活力無窮，所以使故事曲折多變，小說也就格外吸引。明窗出版社此次重新出版這批作品，正好讓大家來證明這一點。

四十餘年來，新舊讀友不絕，若因此而能有新讀友，不亦快哉！

倪匡

二〇〇五年十一月六日

序言

《不死藥》的故事，在衛斯理故事中，相當突出，它基本上是一個結構相當嚴謹的推理小說，十分之曲折離奇，而不死藥的構想，只是使故事看來更離奇而已。

從古代開始，人類就一直在追尋「長生不老之藥」，衛斯理故事有一貫的主題思想：人類普遍觀念之中，值得追求的事，沒有一件在得到了之後是真正幸福的，在不死藥之前，有透明人，有預知能力，等等，在以後，也還有許多。

這種觀點，是想說明，人是很愚蠢的，花盡了心血在追求的事，都是因為求不到，真正求到了，結果都是痛苦。最幸福的人，是不追求什麼的人，沒有得着，沒有損失，心平氣和，喜樂知足！

這個故事的寫作時間，可能相當早，因為文內提及了白素是「新婚妻子」，正確的日子，記不得了。

衛斯理

一九八六年九月一日

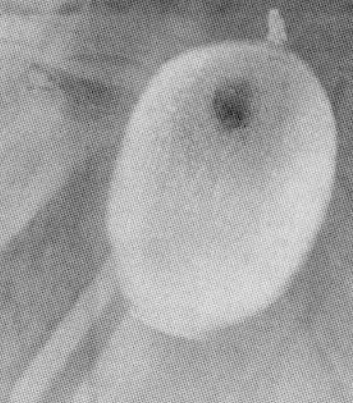

目錄

第一部

死囚的越獄**要求**

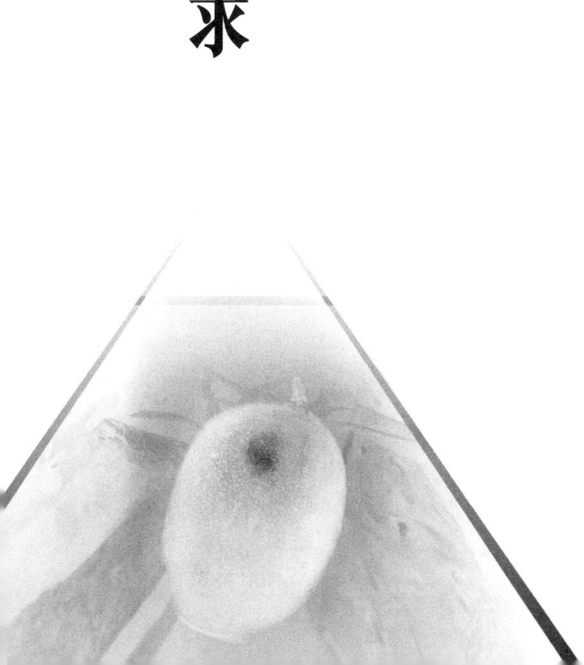

這是一件十分令人不愉快的事情，春光明媚，正是旅行的好季節，而我也正計劃了一次旅行，可是，早上，在我還未曾出發的時候，警方的特別工作組負責人傑克，卻突然打了一個電話給我，說有一個人想見我，他的名字是駱致遜。

換了別的人，我或者可以拒絕，或者可以不改變我的旅行計劃，等我旅行回來之後再見他，可是對駱致遜，我卻無法推宕。因為駱致遜的生命只有幾小時了，他只能活到今天下午四點鐘。

這絕不是什麼秘密，而是每一個人都知道的事情，幾乎每一張報紙都登載着這個消息！

駱致遜是一個待處決的死囚！

他因為謀殺他的弟弟駱致謙而被判死刑的。那是一件轟動一時的案子，駱致遜曾經不服判決而上訴，但是再審的結果是維持原判。

由於這件案子有許多神秘莫測的地方，是以特別轟動，甚至連和這件案子絕無關係的我，也曾經研究過那件案子的內容，但是卻不得要領，當然，我那時研究這件案子的資料，全是報紙上的報道，而未曾和駱致遜直接接觸過，所以也研究不出什麼名堂來。

我認為這是一件十分奇怪的案件，因為駱致遜全然沒有謀殺的動機。

駱致遜是一個十分富有的人，他不但自己有着一份豐厚的遺產，而且，還替他的弟弟，保管着另一份豐厚的遺產。他的弟弟駱致謙很早就在美國留學，第二次世界大戰期間，是美國軍隊中的一個軍官，在作戰之中失蹤，軍方認為他已絕無生還的希望。

在這樣的情形下，駱致遜如果是為了謀奪財產，那麼他根本可以順理成章地將他兄弟的財產據為己有。但是他卻不，他在第二次世界大戰結束後近三十年，仍然堅信他的兄弟還在人間。

他派了很多人，在南太平洋各島逐島尋找着他的兄弟，這件事情是社會上很多人知道的。許多南太平洋的探險隊都得到駱致遜的資助，條件之一就是要他們找尋駱致謙的下落。

第二次世界大戰中最慘烈的戰役，便是太平洋逐島戰，犧牲的軍人不知凡幾，要找尋一個在那樣慘烈的戰事之中失蹤了近二十年的人，那實在和大海撈針一樣的困難。

許多人都勸駱致遜不必那樣做了，但是，駱致遜卻說，他和他的弟弟，自小便有着深厚的感情，只要還有一線希望，他就非將他找回來不可！

搜尋工作不斷地進行着，美軍方面有感於駱致遜的這份誠意，甚至破例地將當時軍隊中的行動記錄借給駱致遜查閱，使駱致遜搜尋範圍縮小。

終於，奇蹟出現了，駱致遜找到了他的弟弟！

當他和他弟弟一齊回來時的時候，這也是轟動社會的一件大新聞。

但是，更轟動的新聞還在後面：在回來之後的第三天，駱致遜就謀殺了他的弟弟。

他是在一個山崖之上，將他的弟弟硬推下去的，當時至少有七個人看到他這種謀殺行動，和二十個人聽到他弟弟駱致謙在跌下懸崖時所發出的尖銳的叫聲。

駱致謙的屍體並未曾被發現，專家認為被海水沖到遙遠的不可知的地方去了。

而駱致遜在將他的弟弟推下山去之後，只是呆呆地站立着，直到警員替他加上手銬。

駱致遜被捕後，幾乎不替自己申辯，他什麼也不說，他的妻子替他請了好幾位最好的律師，但是再好的律師也無能為力！

不但有七名證人目擊駱致遜行兇，而且，三名最著名的神經病專家和心理醫生，發誓證明駱致遜的神經，是絕對正常的。

駱致遜被判死刑。

這件案子最神秘的地方便在於：駱致遜的殺人動機是什麼？

駱致遜是一個受過高等教育的人，對一個受過高等教育的人來說，尤其是去殺死另外一個人，去殺死自己的親兄弟，這是一件非同小可的大事，絕不能沒有動機的。

那麼，駱致遜的動機是什麼呢？

他費了那麼多的金錢、時間、心血，將他的兄弟從太平洋的一個小島的叢林之中，找了回來，目的就是將他帶回來，然後從山上推下麼？

如果是這樣的話，那麼他就是瘋子。

但事實上，專家證明了他絕不是瘋子。

這案子在當時會使我感到興趣的原因也在此，我蒐集了一切有關這件案子的資料，而由於案發之後，駱致遜幾乎什麼也不說，駱致遜的夫人，柏秀瓊女士，便成了訪問的對象。

柏女士發表了許多談話，都也力證她丈夫無辜的，她將她丈夫歷年來尋找兄弟的苦心，以及兩兄弟回來之後，她丈夫那種歡欣之情，形容得十分動人。而且，在許多次談話之中，她記得起一切細節來。柏女士所講的一切，都證明駱致遜沒有謀殺他兄弟的動機，絕沒有。

但是柏女士的談話，也沒有可能挽救駱致遜的命運。

當時，我曾經有一個推斷，我的推斷是：駱致遜從荒島中帶回來的不是他的弟弟，而是另一個人，當駱致遜發現了這一點的時候，陡地受了刺激，所以才將他帶回來的那個人殺死的。

但是我的推論是不成立的，各方面的證據都表明，駱致遜帶回來的那人，就是當年失蹤的美軍軍官，駱致謙中尉。指紋相同、容貌相同，絕不可能會是第二個人的。

因此，駱致遜究竟為什麼要殺他的弟弟，就成了一個謎。

我以為這個謎是一定無法解開的了，但是，警方卻通知我說，駱致遜要見我！在他臨行刑之前的幾小時，他忽然要見我。

我——並不是什麼大人物，只是一個普通的人，但是我曾解決過許多件十分疑難重重、荒誕莫測的事，駱致遜之所以在行刑前來找我，當然是他的心中有着極難解決的事情了。

我答應了傑克，放棄了旅行。

在傑克的辦公室中，我見到了這位曾與之爭吵過多次的警方高級人員，他張大了手：「歡迎，歡迎，你是垂死者的救星。」

他分明對我有些不滿，我只是淡然一笑：「我看駱致遜的神經多少有些不正常，他以為我是什麼人，是牧師麼？」

「那我也不知道了，他的生命時間已然無多，我們去看他吧！」傑克並不欣賞我的幽默。

我們一齊離開了警局，來到了監獄，在監獄的門口，齊集了許多新聞記者，進了監獄之後，城中一流的律師，幾乎全集中在這裏了，使這裏不像監獄，倒像是法律會議的會場一樣。

那些律師全是柏女士請來的，他們正在設法，請求緩刑，準備再一次地上訴，看來他們的努力，已有了一定的成績。

在監獄的接待室中，我第一次見到了駱致遜的妻子，柏秀瓊女士。她的照片我已看過不止一次了，她本人比照片更清瘦，也更秀氣。她臉色蒼白，坐在一張椅上，在聽着一個律師說話。

我和傑克才走進去，有人在她的耳際講了一句話，她連忙站起來，向我迎了上來。

她的行動十分之溫文，一看便令人知道她是一個十分有教養的女子。而且，可以看得出來，她是一個十分有克制力的人，她正竭力地在遏制她的內心的悲痛，在這樣的情形下，使人更覺得她值得同情。

她來到了我的面前，低聲道：「衛先生？」

我點了點頭：「是的，我是衛斯理。」

她苦笑了一下：「對不起得很，打擾了你，他本來是什麼人也不想見的。甚至連我也不想見了，但是他卻要見你。」

我的心中，本來或者還有多少不快意，但是在聽了柏秀瓊的那幾句話之後，我卻連那一點不愉快的感覺都沒有了，因為我在她的話中，聽出了駱致遜是多麼地需要我的幫助！

駱致遜是一件如此離奇的怪案的主角，他若是沒有什麼必要的理由，是絕不會在妻子都不見的情形之下，來求見我這個陌生人的。

所以，我忙道：「別客氣，駱太太。我會盡我一切所能去幫助他。」

柏秀瓊的眼中噙着淚：「謝謝你，衛先生，我相信他是無辜的。」

在這樣的情形下，我實在也想不出有什麼話可以安慰柏秀瓊。而且，傑克也已經在催我了，我只得匆匆地向前走去。

死囚室是監獄之中，戒備得最嚴密的一部分，我們穿過了密密層層的警衛，才算是來到了監禁駱致遜的囚室之前，一名獄卒一看到傑克，便立即按下了電鈕，打開了囚室的門。

囚室中相當陰暗，門打開了之後，傑克只是向前一指，道：「你進去吧。」

我一面向前走，一面向內看去，囚室是沒有什麼可以形容的，世界上每一個囚室，幾乎都是相同的。當我踏進了囚室，門又自動地關上了之後，我已完全看清了這件怪案的主角了！

他和柏秀瓊可以說是天造地設的一對，他看來極是疲弱，臉色蒼白，但是卻不給人以可憐的感覺，而使人感到他文質彬彬，十分有書卷氣。

他的臉形略長，他相當有神的眼睛，說明他不但神經正常，而且還十分聰慧，他坐在囚牀之上，正睜大了眼睛打量着我。

我們兩人互望了好一會，他才先開口：「你，就是我要見的人？」我點了點頭，也在牀邊上坐了下來。我們又對望了片刻，他不開口，我卻有點忍不住了，不客氣地道：「別浪費了，你的時間——」

他站了起來，踏前了一步，來到了我的面前，俯下身來，然後以十分清晰的聲音道：「幫助我逃出去！」

我陡地嚇了一跳，這可以說是我一生之中聽到的最簡單的一句話，但也是最駭人聽聞的一句話了。我問道：「你，你可知道你在說些什麼？」

他連連點頭：「我知道，我知道，我知道向你提出這個要求是遲了一點！」

他不說向我提出這個要求是「過分」，而只是說「遲了一點」，真不知道他這樣說法是什麼意思，也不明白他心中在想些什麼！

我瞪着他，他又道：「可是沒有辦法，我直到最後關頭，才感到你可以相信，請你幫助我逃出去，你曾經做到過許多次人所不能的難事，自然也可以幫助我逃出這所監獄的。」

我歎了一口氣，對於他的神經是不是正常這一點，我實在有重新估計的必要了。

我搖了搖頭：「我知道有七百多種逃獄的方法，而且也識得不少逃獄的專家，對他們來說，可以說是沒有一所不能逃脫的監獄的！」

他興奮地道：「好啊，你答應我的要求了？」

我苦笑着：「我是不是答應你，那還是次要的問題，問題是在於，在你這樣的情形下，實在是沒有可能逃出的！」

駱致遜疾聲道：「為什麼？他們對我的監督，未必見得特別嚴密些。」

我歎了一口氣：「你怎麼不明白，逃獄絕不是一件簡單的事情，它需要周詳的計劃，有的甚至要計劃幾年之久，而你——」

我實在不願再講下去，所以我看到這裏，便翻起手來，看了看手表。

我這個動作，表示什麼意思，他實在是應該明白的，我是在告訴他，他的生命，只有三小時又四十分鐘了。而事實上，他至多只有三小時的機會。因為到那時候，牧師、獄卒、獄長，都會將他團團圍住，他是更加沒有機會出獄的了。

他為什麼要逃獄，這是我那時心中所想的唯一的問題，因為他逃獄的行動，是無法付諸實行的，所以我實在想知道，他為什麼要逃獄！

他的面色變得更加蒼白，他用力地扭曲他的手指，令得他的指骨，發出「啪啪」的聲音來，他有點尖銳地叫道：「不，我必須逃出去！」

我連忙道：「為什麼？」他十分粗暴地道：「別管我，我來請求你，你必須幫我逃出去。」

我無可奈何地站了起來：「對不起，這是一個任何人都做不到的事情，我實在無能為力，我看，你太太所請的律師們，正在替你作緩期執行的請求，如果可以緩期兩個月的話，那或者還有機會。」

「如果緩期執行的要求不被批准，」我搖了搖頭，道：「那就無法可施了！」

他突然握住了我的手，他的手比冰還要冷，冷得連我也不由自主地在發抖，他顫聲道：「衛先生，請你利用這三小時，我一定要逃出去，請相信我，我實在是非逃出去不可，請你幫助我！」

我十分同情地望着他：「請你也相信我，我實在是做不到！」

駱致遜搖着頭，喃喃自語：「是我殺死他的，我不是無辜，他是我殺死的，可是……可是我實在非殺死他不可……請你幫助我！」

我掙脫了他的手，退到了門口。

我在囚室的門口，用力地敲打了三下。

那是事先約定的暗號，囚室的門立時打了開來，我閃身退了出去，駱致遜並沒有向外撲出，他只是以十分尖銳的聲音哀叫道：「幫幫我！你必須幫助我，只有你可以做到，你一定可以做到！」

他的叫聲，幾乎是整座監獄都可以聽得到了，我只好在他的叫聲中狼狽退出，囚室的門又無情地關上，將我和他分了開來。

我在囚室的門外，略停了一停，兩個警官已略帶驚惶地向我奔來，連聲問道：「怎麼樣？怎麼樣？可是他傷害了你麼？」

這時候，駱致遜的叫聲，已經停止了。

我只感到出奇的不舒服，我只是道：「沒有，沒有什麼，我不是那麼容易被傷害的。」

那兩個警官又道：「去見快要執行的死囚，是最危險的事情，因為他們自知快要死了，那是什麼事情都可以做得出來的。」

我苦笑了一下，可不是麼？駱致遜總算是斯文的了，但是他竟要我幫助他越獄，這種異想天開的要求，不也就是「什麼事情都做得出來」一類的麼？

我向監獄外面走去，在接待室中，我感到氣氛十分不對頭，所有的律師都垂頭喪氣地坐着，他們只在翻閱着文件而不交談。

這種情形，使人一看便知道，請求緩刑的事情，已經沒有什麼希望了。

雖然，緩刑的命令，往往是在最後一分鐘，犯人已上了電椅之後才到達的，但是不是成功，事先多少有一點把握的。

我知道，律師們請求緩刑的理由，和上訴的理由是一樣的，他們的理由是：駱致謙的屍體，一直未被發現，如果他沒有死呢？

如果駱致謙沒有死，那麼駱致遜的謀殺罪名，就不成立，律師們就抓住了這一點而大做文章。本來，這一點對駱致遜是相當有利的，如果駱致遜是用另一個方式謀殺了他弟弟的話。

而如今，駱致遜是將他弟弟，從高達八百九十二尺的懸崖之上，推下去的，有七個目擊證人，在距離只不過五尺到十尺的情形下親眼看到的。

辯護律師的滔滔雄辯，給主控官的一句話，就頂了回去，主控官問：「先生們，你們誰曾聽說過一個人在八百九十二尺高的懸崖上跌下去而可以不死的？懸崖的下面是海，屍體當然已隨着海流而消失了！」

駱致遜的死刑，就是在這樣的情形下被定下來的。

如今，律師又以同樣的理由去上訴，成功的希望自然極小。

我在囚室出來之後，心中感到了極度的不舒服。因為我也感到，駱致遜的「謀殺」行動，是有着隱情的，是有着極大的曲折的。

而我也願意幫助他，願意使他可以將這種隱情公開出來，但是我卻無能為力！

我有什麼法子，可以使他在行刑之前的兩小時，越獄而去呢？所以，我的心情十分沉重，我急急地跨過接待室，準備離去。但是，就在我來到了門口之際，我聽到有人叫我：「衛先生，請等一等！」

我轉過身來，站在我前面的是駱太太。

她的神情十分淒苦，那令得我的心情更加沉重，我甚至想不顧一切，便轉身離去的，但是我卻沒有那樣做，我只是有禮貌地道：「是，駱太太。」

駱太太眼睛直視着我，緩緩地道：「我們都聽到了他的尖叫聲。」

我苦笑道：「是的，他的尖叫聲相當駭人。」

駱太太道：「我知道，那是絕望的叫聲——」她略頓了一頓，又道：「我也知道，一定是他對你有所要求，而你拒絕了他。」

駱太太或者是因為聰穎，或者是基於對駱致遜的了解，所以才會有這樣正確的判斷的。我點了點頭：「是的。」

駱太太並沒有說什麼，她一點也沒有用什麼「沒有同情心」之類的話來責備我，更不曾用「你一定有辦法」之類的話來恭維我。

她只是幽幽地歎了一口氣：「謝謝你來看他。」

她一面說，一面便已轉過身去，這樣子，使我的心中，更加不安，我連忙叫住了她，低聲道：「駱太太，你可知道他要我作什麼？」

駱太太轉過身，搖了搖頭：「當然我不知道。」

我將聲音壓得最低，使我的話，只有站在我前面的駱太太可以聽到，然後我道：「他要我幫他逃出去，在最後三小時越獄！」

駱太太乍一聽得我那樣說，顯然吃了一驚，但是她隨即恢復了原來的樣子，仍是一片淒苦道：「他既然提出了這樣的要求，那一定有理由的。」

我同意她的話：「是的，我想是，可是我卻無能為力。」

我一面說，一面還攤了攤手，來加強語氣，表示我是真的無能為力。

駱太太仍然不說什麼，她只是抬起眼望着我。

駱太太是一個十分堅毅的女子，這是不到最後一秒鐘絕不屈服的人的典型，在她的眼光的逼視下，我顯得更加不安，同時，我的心中，開始自己問自己，我是真的無能為力麼？

這個問題，本來是應該由駱太太向我提出來的，但是她卻什麼也不說，只是望着我，而逼得我自己心中要這樣問自己。

當然，如果說一點辦法也沒有，那也是不對的，以我如今獲得警方信任的地位，以及我曾見過駱致遜一次，我至少可以用三種以上的方法，幫助駱致遜逃出監獄去的。但是，不論用什麼方法，我都無法使人不知道駱致遜的逃獄與我有關！

那也就是說，駱致遜的越獄，如果成功，那麼，我就必然要鋃鐺入獄。公然幫助一個判了死刑的謀殺犯越獄，罪名也絕不會輕。

而我如果不想坐牢的話，我就得逃亡，除非是駱致遜在逃獄之後，能夠洗刷他的謀殺罪名，否則，我就得逃亡十八年之久——因為刑事案的最高追訴年限，是十八年。十八年的逃亡生涯，那實在比坐監獄更加可怖！

而且，如今我不是一個人，我還有白素——我的新婚妻子，我們有一個極其幸福的家庭，幸福像色彩絢麗的燈光一樣，包圍在我們的四圍，我怎能拋下白素去坐牢、去逃亡？

不，不，這是不可想像的，我當然不會傻到不顧一切地將駱致遜救出來。

我連忙偏過了頭，不和駱太太的目光相接觸。

駱太太低歎了一聲：「衛先生，很感謝你。他是沒有希望了。」

我不得不用違心之言去安慰她：「你不必太難過了，或許緩刑有希望，那麼，就可以再搜集資料來上訴的。」

駱太太沒有出聲，轉過了身，我望着她，她走出了幾步，坐了下來。

她只是以手托着頭，一聲不出。傑克在這時候，向我走來：「怎麼哩？死因要看你，是為了什麼？」

我張開了口，可是就在這時候，駱太太抬頭向我望來，我在那一瞬間改了：

「對不起，我暫時不能夠對你說。」

傑克聳了聳肩，表示不在乎。

但是，我卻看得出，他是十分在乎的。

他在陪我來到這裏的時候，就已經有十分不快的神情了。

我是知道他究竟為什麼不愉快的，那是因為，駱致遜要見的是我，而不是他。他在警方有極高的地位，在他想來，不論死囚有着什麼為難的事情，都應該找他來解決的，而今駱致遜找的是我，他當然不高興了。

我也不想和傑克解釋，只是向外走去，可是傑克卻仍然跟在我的身後，道：「衛斯理，如果你和警方合作的話，應該將駱致遜要見你，究竟是為什麼，講給我聽。」

我心中十分不高興，傑克是一個極其優秀的警官，但是他卻十分驕妄，許多地方，都惹人反感，我只是冷冷地回答：「第一，我一向不是和警方合作的人；第二，駱致遜已經是判了死刑、即將執行的人，他和警方，已沒有什麼多大的關係了！」

第二部

不顧一切後果的行動

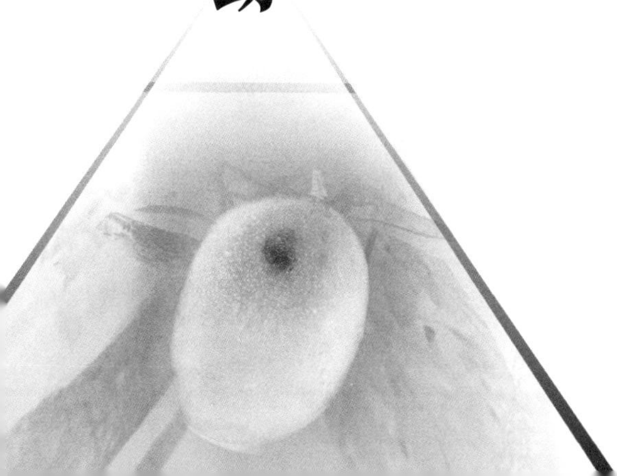

傑克碰了我一個軟釘子，面色變得十分之難看，可是他仍然不放棄，又向我問道：「他究竟向你要求了一些什麼？告訴我。」

這時，我已經來到監獄的大門口上了，我站住了身子：「好，我告訴你，他要我幫他逃獄。」

傑克呆了一呆：「你怎麼回答他？」

我沒好氣道：「我說，逃獄麼，我無能為力，如果他想要好一點的牧師，替他死亡前的祈禱，使他的靈魂順利升到天堂上去，我倒是可以效勞的！」

我這幾句，已經是生氣話了，事實上我並未曾這樣對駱致遜講過。可是傑克卻聽不出那是生氣的話來，他仍然緊釘着問道：「他怎麼說？」

我歎了一口氣：「傑克，他說什麼，又有什麼關係？」

傑克不出聲了，我繼續向前走去，他仍然跟在後面，走出了不幾步，他又問道：「衛，憑良心而言，對這件案子，你不覺得奇怪麼？」

我道：「當然，我覺得奇怪，但是總不成我為了好奇心，要去幫他逃出監獄？」

傑克望了我好一會，才道：「如果我是你，我會的。」

他講完了那句話，轉過身，回到監獄中去了。

我呆呆地站在監獄的門口，一時之間，我的腦筋轉不過來，我不明白傑克這樣説，是什麼意思。他是鼓勵我犯法麼？還是他在慫恿我犯法，藉此以洩私憤呢？因為我和他始終是有一些隙嫌的。

我想了好一會，然後我決定不再去考慮它，因為我根本不會去做這件事，何必多想？

我一直向前走去，但是，傑克的話，卻一直在我的腦中迴旋，駱致遜那種近乎神經質的要求，駱太太那種幽怨的眼光，也都使我的心中十分不舒服。

我走出了二十步左右，停了下來。

那是一家雜貨舖的門口，我猶豫了一下，走了進去，拿起了電話，撥我自己家中的號碼，聽電話的是白素。

我略想了一想，才道：「如果我現在開始逃亡，要逃上好幾年，你會怎樣？」

我的問題實在太突兀了，所以令得白素呆了好一陣子，但是她卻並沒有反問我什麼，因為她可以知道，我絕對不會無緣無故這樣問她的。

而我既然問了她，當然是有原因的，所以她先考慮這個問題的答案，她給我的答案很簡單：我和你一齊逃。

我拿着電話聽筒，心中在躊躇着，我無目的地四處張望着，突然，我看到了駱太太，她一個人走出了監獄，她在監獄門口略停了一停，抬起頭來，我想不給她望到，可是她已經看到我了。

她向我走了過來。

白素在電話中道：「衛，你怎麼不說話？究竟發生了什麼事？」

我將聲音壓得十分低，急急地道：「素，駱致遜要我幫他越獄！」

「天哪，他快要上電椅了，你做得到麼？」

「做是可以做得到的，可是這樣一來，我明目張膽地犯法，你認為怎樣？」

「我想，駱致遜是無罪的，你只不過暫時躲一陣子，就可以沒有事情了，我可以和你在一起，我知道你想幫他，別顧慮我。」

我看到駱太太已跨到了雜貨舖內，我連忙道：「如果一小時之內，不見我回來，就是已幹出事來了，你立即到東火車站見我，帶上必要的東西。」

我匆匆地講完，立即掛了電話，駱太太也在這時，來到了我的面前。

這時候，我的心中，實在是混亂和矛盾到了極點。當駱致遜向我提出要我幫他逃獄的時候，我基於直覺，立時拒絕了他。

但是，在離開之後，我的好奇心，使我覺得這件事也不是全然不可為。我又想到，駱致遜的心中一定有着十分重大的秘密，如果我不幫他，那麼他心中的秘密，就絕無大白於世的機會。

我的心本來已有一些活動，再加上駱太太絕不開口求我，使我連加強拒絕信心的機會也沒有，而更令人可惱的，便是傑克的那一句話，傑克的那一句話，無異是在向我挑戰！

如今，再加上了白素的回答，我的心中已然十分活動了！

駱太太來到了我的前面，仍然直望着我，然後，她說了一句我實在意料不到的話，她道：「衛先生，你什麼時候開始行動？時間不多了。」

我張大了口，但是不等我說出話來，她已然道：「別問我怎知你一定會答應，因為我知你一定會答應的，你不是一個在緊急關頭推托別人性命交關要求的人！」

她給我的恭維，令我有啼笑皆非的感覺，我道：「駱太太，你可知道，我如果幫助了你的丈夫，我自己可能一生陷入一個困境之中麼？」

「我當然知道，但是，你已經答應了，是麼？」我無話可說，駱太太是如此異特的一個女人，她幾乎什麼都知道，而且，能在這樣的情形下，保持冷靜，這實在是非常不容易的事。

我歎了一口氣：「好，他會駕車麼？」

「會的，駕得很好。」

「我不但幫他逃獄，而且要弄明白他這件案子的真相，在他出獄之後，我要你們兩夫婦充分的合作，你能答應我麼？」

「當然可以，我們可以一齊逃走，我將我所知的一切告訴你，而且勸他也講出真相來。」

我又歎了一口氣，我實在是一個傻子，這是一件明明不可做的事情，我心中也清楚地知道這一點，可是，在種種因素的影響下，我還是要去做！

我道：「我在一小時內會回來，你等我。」一講完，我就大踏步走了開去。

我走向公共汽車站，等候了十分鐘，在這十分鐘之內，我已有了一個十分可行的計劃，可以使駱致遜逃出監獄。

車來了，我上了車，十五分鐘之後，我下車並穿過了幾條小巷，在一幢屋子前停了下來。

這幢屋子，屬於我的一個朋友所有，那個朋友是一個極怪的怪人，可以說是一個第一流的「犯罪者」。但是卻不要被他這個銜頭嚇退，他是一個千萬富翁，凡是千萬富翁，大都有一些奇怪的嗜好的，有的喜歡搜集名種蘭花，有的喜歡蓄養鯨魚，我那朋友，他喜歡犯罪。他的所謂犯罪，全是「紙上談兵」式的。

正確一點說，他喜歡在紙上列出許多犯罪的計劃來，今天計劃打劫一間銀行，明天計劃行劫國庫，後天又計劃去打劫郵車。

他在計劃的時候，全是一本正經的，不但實地勘察，而且擬定精確的計劃，購買一切的必需品，但是，到了真正計劃中應該行動的時候，他卻並不是去進行犯罪，而是將一切有關這件計劃的東西，全都在一間房中鎖了起來，然後，在那間房間的門口，貼上「第×號計劃」等字樣，如果在他暫時還沒有新計劃的時候，他仍會走進去陶醉一番。

他就是這樣的一個怪人，在他的一生之中，可能未曾犯過一次最小的罪。但是如今，我卻真的要拖他去犯罪了，因為只有他，才能有那麼齊全的犯罪道具，使我不必再浪費時間去別的地方找。

當然，我不會連累他，在一路前來的時候，我早已計劃好，他在事後是可以完全無事。

在門口停了下來，按鈴，由於他喜歡「犯罪」，因之他的屋子也是古裏古怪的，我一按鈴之後，門上的一個小方格就打了開來。

但是，從小方格中顯露的卻不是人，而是一根電視攝像管。

在他的屋子中，不但到處都有着電視接收機，而且，他的手腕之上，像我們普通人戴手表一樣，是經常佩戴着一具熒光屏只有半英吋的超小型電視接收機，所以只要有人一按門鈴，只要他在屋子中，他是立即可以看到是誰在門口。

我將身子貼得對準那個小方格，好讓他看清楚站在門外的是我。

我立即聽到了他充滿了歡欣的叫聲：「是你，太好了，衛，我新進行的一個計劃，正缺少了一個像你那樣的助手，你來得太合時了。」

我笑了一笑：「當你知道我的真正來意之後，你一定更覺得我來得合時了，快開門！」

門立時打了開來，並沒有人為我開門，門是自動打開的，那是無線電操縱的結果，我來這裏已不止一次了，當然不會因之感到奇怪的。

「我在樓下第十七號房間中，你快來。」他的聲音又傳了過來。

我知道所謂「樓下」，那是這幢屋子的地下建築，我沿着一度樓梯，來到了下面，走到第十七號房間的門口，房間自動打開，我看到了我要見的人：韋鋒俠。

別被這個名字迷惑，以為他是一個俠客型，風流瀟灑的人。事實上，他雖然家財千萬，卻無法使人家見到了他不發笑。

他除了身形還算正常之外，一切全是十分可笑的，他腦袋很大，五官擠在一起，頸卻又細又長，心理學家說頸細而長的人富於幻想，那麼韋鋒俠可以說是這一方面的典型人物了。

他正伏在一個大砂盤上，那砂盤上的模型是極其逼真的，那是鬧市，街道上的車輛，都在移動着，而且移動的速度，和車輛的種類完全是相稱的，他手中執着一根細而長的金屬棒。

金屬棒的一端，這時正指在一幢大建築物的下面。

由於模型是如此逼真，以致我一看就知道，他所指的是國家銀行的銀庫。

他抬起頭來，望着我，我逕自向他走去：「不錯，這裏是現金最多的地方，但是，如今我來找你，不是空想去搶劫一個銀庫，而是要在最短的時間內，去將一個將要臨刑的死囚，從死囚室中救出來。」

韋鋒俠呆了一呆，他面上突然現出了十分興奮的神色來，他五官可笑地抽動着：「這是多麼好的主意，這太新鮮了，來，讓我們來計劃！」

我知道，如果我一上來就講出我們是真的要去做這件事，而不是「計劃」

時，他是一定會大吃一驚的，所以我先不說穿。

我只是道：「那就要快準備了，你有沒有一套不論什麼宗教的長老服裝？」

「有，有，我那時計劃過一件事，是用到東正教長老的服裝的。」

「你有沒有尼龍纖維的面具？」

「當然有，太多了。」

「那你就快將你裝扮起來，東正教長老大多數是留鬚的，你可別揀錯了小白臉的面具！」

韋鋒俠像是受了委曲也似地叫了起來：「笑話，你以為我會麼？」

我催道：「快，快去裝扮，十分鐘之內，必須趕來這裏見我，快！」

他興致勃勃地衝了出去，一面向外面走，一面還在不住地道：「有趣，有趣！」

我幾乎忍不住大笑了起來，韋鋒俠啊韋鋒俠，等一會兒，你才知道真有趣呢！

他的動作十分快，不愧是一個「第一流的犯罪家」，不到七分鐘，他已經回到我的面前來了，他的身上穿着黑袍，頭上戴着大而平頂的帽子，面上套上了虬髯的面具，頸上還掛着一大串珠子，連着一個十字架。

我笑了起來：「真好，真好，我們快走。」

韋鋒俠呆了一呆：「你說什麼？」

我重複了一遍：「我們快走。」

他張開了雙手：「走？走到什麼地方去？你一定在開玩笑了。」

「誰和你在開玩笑？我們去救那個死囚啊，他的名字，你也一定聽說過的，他叫駱致遜，再過兩小時，他就要上電椅了，我要去救他出獄。」

韋鋒俠的聲音甚至發抖起來：「衛，這算什麼，我……只不過計劃一下……而已。」

「不行，這一次非實際參加不可，你在事後不會受到牽累的，因為一進死囚室，你就會被我一拳擊昏，這件事，非要你幫忙不可，你想想，明天，所有的報紙上，都會刊登你的名字，在表面上看來，你是一個無辜受害的，但實際上，你卻正是這件事情的主謀人之一，這是多麼快樂的事！」

我可以說是名副其實地在「誘人作犯罪行為」，但是正所謂病急亂投醫，我找不到別的人可以幫我的忙，當然只好找他了！

韋鋒俠給我說得飄飄然了，因為他這一類的人，心理多少有些不正常，我這樣說法，可以說正合他的心意。

他猶豫了一下：「那麼，至少要讓我知道整個事情的計劃才好啊！」

我連忙道：「不必了，你知道得太多了，便會露出口風來，你只需記得三件事就夠了。

第一、你說是我來求你扮一個東正教神父，因為死囚提出了這個要求。第二、當我打你的時候，你別反抗。第三、當獄警要拖你上電椅的時候，最緊要在電流接通之前，聲明你是韋鋒俠，不是死囚。」

他吃驚地大叫了起來：「啊？」

我道：「怎麼，你又想退縮了？」

他口吃地道：「我……我看這計劃不怎麼完美，我們不妨回去詳細地討論一下。」

我笑道：「不必了，等到計劃討論得完美的時候，人也上了電椅了，你的計劃也只好束諸高閣，無人知道，快走！」

我幾乎將他塞進了車子，我駕着車，向監獄直駛，到了監獄門前，韋鋒俠居然不要我摻扶，而能夠自己走進去，這的確出乎我的意料之外。

監獄接待室中的情形，和我剛才離去的時候，並沒有什麼兩樣。但是，由於駱致遜所剩的時間又少了許多，是以氣氛也緊張了不少。

我的再出現，而且在我的身邊，還有一個東正教的神父，這頗使得監獄方面驚訝，幾乎所有人的目光，都集中在我們的身上。

我先看傑克是不是在。他不在。

傑克不在，這使我放心得多，因為他究竟是一個非同小可的警務人員，我的把戲，瞞得過別人，可能會瞞不過他，我既然已不顧一切地做了，當然要不顧一切地成功，而不希望失敗。

我再望向駱太太，我用眼光鼓勵她鎮定些，因為她是知道她丈夫向我要求，自然也可以聯想到我去而復回的用意。我立即發現我望向駱太太的這個舉動是多餘的，因為她十分鎮定。

我來到了獄長的面前，死囚行刑的時候，獄長是一定要在場的，這時，距離行刑的時候，只有一小時多一點了，獄長已開始在準備一切。我指着韋鋒俠，向獄長道：「我剛才來看過駱致遜。」

獄長道：「是的，是傑克上校帶你來的。」

我點了點頭：「駱致遜要我帶一個東正教的神父來，他要向神父作懺悔，請你讓我帶神父去見他。」

獄長向韋鋒俠打量了幾眼：「可以，死囚有權利選擇神父。」他向一名獄警揚了揚手，道：「帶他們進去。」

我們很順利地來到了死囚室的門口，當獄警打開了電控制的門後，駱致遜一抬頭，我便道：「你要的神父，已經來了。」

這句話，是在門還未曾關閉之前講的，當然，那是講給獄警聽的。

然後，門關上了。

我一步跨到了駱致遜的面前：「快，快除了囚衣，你將改裝為神父走出去，你可以逕自走出監獄，希望你不要緊張，我將跟在你的後面，外面有車子，我們立即可以遠走高飛。」

駱致遜的反應十分快，他立即開始脫衣服，韋鋒俠到這時才開口：「我不想——」

然而，他只有機會講出了三個字，因為我已一拳打在他的頭部，把他打昏過去。我拉下他的面具和帽子，拋給駱致遜。

然後，我背靠門站着，遮住了門口的小洞。

我大聲道：「駱致遜，你應該好好地向神父懺悔，這是你最後的機會了……」我又低聲道：「你只消向外走就行了，絕不要回頭！」

駱致遜點着頭，他的動作相當快，不一會，便已然裝扮成一個東正教的神父了。

雖然，他比韋鋒俠粗壯了些，但是在寬大的黑袍、帽子和面具的遮掩下，他和韋鋒俠扮出來的東正教神父，幾乎是分不出來的。

我又示意他將囚衣穿在韋鋒俠的身上，在這段時間中，我變換了幾種不同的聲音，施展着我的「口技」本領，使得在門外的獄卒，以為死囚室中正在進行懺悔。

等到一切就緒了之後，我才低聲道：「好了，你可以開始罵神父了，愈大聲愈好，你要趕神父走，知道麼？」

在乍一聽得我這樣講法之際，駱致遜顯然還不怎麼明白，但是他立即領會我的意思了，他在我的肩頭之上拍了一下：「我沒有找錯人，你果然是有辦法的，我真不知怎樣感謝你才好。」

駱致遜依着我的吩咐，叫了起來：「走，走，你替我滾出去，我不要你替我懺悔！」

我也大聲叫道：「這是什麼話，你特意要見我，不就是要請我找一個神父來麼？」

駱致遜又大叫：「快滾，快滾，你們兩個人都替我滾出去，快！」

駱致遜的叫聲，一定傳到了死囚室之外，不等我們要求開門，獄卒便已將門打了開來。門一開，駱致遜便照着我的吩咐，向外衝了出來！他是衝得如此之急，幾乎將迎面而來的獄卒撞倒！我連忙跟了出去，將門用力拉上，叫道：「神父，你別發怒，你聽我解釋！」

我們兩人一先一後，匆匆地向外衝去。這是最危險的一刻了，因為我雖然已關上了門，但是那獄警還是可以在門上的小洞中，看到死囚室內的情形的。如果他看出死囚室中的人已不是駱致遜的話，那麼我這個逃獄計劃，自然也行不通了。

而且，由於時間的緊迫，我也沒有可能再去實行第二個計劃了！

那獄警果然向小洞望了一望，但是我將韋鋒俠的身子，面向下，背向上地放在囚牀之上的，那情形很像是他在激動之後，伏在牀上不動，我回頭看了一眼，只見那獄警並沒有進一步的表示，我才放了心。

駱致遜在前，我在後，我們繼續急急地向外走去，一路上，不斷有警員和警官問：「怎麼一回事？他怎麼了？想傷害你們？」我則大聲回答：「他一定是瘋了，是他自己要我請神父來的，卻居然將神父趕走，這太豈有此理了——神父，請你別見怪。」

駱致遜什麼也不說，只是向外走去，我則不住地在向他表示抱歉，我們幾乎是通行無阻地出了監獄，駱致遜在事先，已經知道了車子的號碼，是以他直向車中走去。

我是一直跟在他後面的，可是，這時，在我也快要跟上車子之際，忽然駱太太在我身後叫我，道：「衛先生，請你等一等。」

我轉過頭來一看，不但有駱太太，而且還有好幾名律師和警官，獄長也在，我自然不能說她的丈夫已然成功地越獄了，我只是道：「對不起，我要送神父回去，我十分抱歉——」

就在這時候，我聽到了身後傳來了汽車引擎發動的聲音，我連忙轉過頭去，那實在是出乎我意料之外的事，駱致遜在上了車之後，竟發動了車子！

他顯然絕沒有等候我，和我一齊離去的意思，在那一剎間，我更懷疑駱太太在我可以追上駱致遜的時候叫住我，是不是一個巧合。因為駱致遜才一發動車子，車子的速度極高，向前疾衝了出去！

我追不上他了！

駱致遜在一逃出了監獄之後便撇下了我，這實在是出乎意料之外的事，受了如此重大的欺騙，剎那之間，我實在是不知道怎樣做才好！

但我的頭腦立即清醒了過來，我想到：若是我再不走，那就更糟糕了！

我不再理會在監獄門口的那些人，向前奔了開去，奔出了兩條街，召了一輛街車，來到了火車站。這時，距離我打電話給白素時，早已超過一小時了，白素一定已然帶了必要的東西在車站等我了。

我匆匆地走進了火車站，白素果然已經在了，她向我迎了上來：「怎麼樣？」

我滿臉憤怒：「別說了，我被騙了，我們快要找地方躲起來，你有主意麼？」

本來，我並不是沒有主意的人，但是駱致遜出乎意料之外的過橋抽板，令我極其憤怒，我已無法去想進一步的辦法了。

白素想了一想：「我們一齊買兩張到外地去的車票，警方會以為我們離開了，但我們還可以匿居在市區之中，我父親的一個朋友，有一幢很堂皇的房子，我們躲在他家中，是沒有問題的。」

我道：「你可得考慮清楚，我的案子十分嚴重，他肯收留我們麼？」

「一定肯的，當年他就是靠了我父親的收留，才在社會上有了一定的地位，成了聞人。」

我道：「那麼，我們這就去。」

白素和我一齊去買兩張車票，我們特地向售票員講了許多話，使他對我們有印象，我知道，在所有的晚報上，我的相片一定是被放在最注目的位置，那麼，售票員自然可以記起，我曾向他購買過兩張車票。然後，白素和那社會聞人，通了一個簡短的電話，我們在車站中等着。

那位父執，是親自開着車子前來的。我在未登上車子之前，又道：「黃先生，我無意連累你，如果你認為不方便的話——」

可是不等我講完，他老先生已然怒氣沖沖地斥道：「年輕人若是再多廢話，我將你關到地窖中去！」

我笑了笑，這位黃老先生，顯然也是江湖豪客，我至少找到了一個暫時的棲身之所了。

車子駛進了黃老先生的花園洋房，那是一幢中國古代的樓房，十分幽邃深遠，在那樣的房子中，不要說住多兩個人，即使住多二十個人，也是不成問題的。

黃老先生還要親自招呼我們，但是我們卻硬將他「趕」走了。

當他走了之後，我才倒在沙發上：「白素，駱致遜將我騙得好苦。」

白素望了我一眼：「他怎樣了。」

我一攤手：「才一出監獄，哼，他就溜走了，不但我倒霉，韋鋒俠更給我害苦了，我肯幫他的忙，就是為了想在他身上弄明白奇案的經過，卻不料什麼都得不到，還要躲起來。」

白素輕輕歎了一口氣：「你若是一直發怒的話，事情更不可扭轉了。」

我心中陡地一震，是的，白素說得對，我太不夠鎮定了。事情已然發生，我發怒又有什麼用？我不是沒有辦法可以扭轉局面的，我必須去找駱致遜！

我要找到駱致遜，找到了駱致遜，我至少可以將他送回監獄去，這可惡的傢伙，我絕不值得為他而逃亡！

當然，即使我將他送回監獄去，我仍然難免有罪，但是那總好得多了，而且，憑我和國際警方的關係而論，或者可以無罪開脱。如今，最主要的問題便是：找到駱致遜。

可是，我該上哪裏去找他呢？

第三部

「十九層」

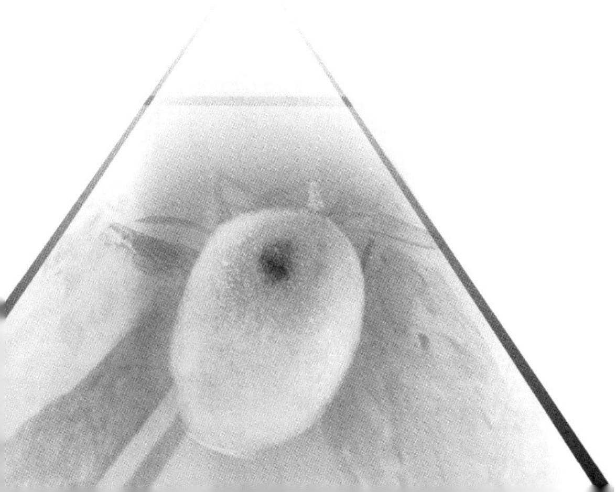

在黃老先生為我們所準備的華麗臥室中(這臥室華麗得遠在我自己的臥室之上，與臥室相連的浴室，磁磚地下有暖水管流過，目的是使磁地磚變得溫暖，以便冬天在洗完澡之後赤足踏上去，不覺得冷)，我來回地踱着步，白素看着我那種樣子，笑了起來：「你已經上了當，光生氣有什麼作用？」

我握着拳：「我非找到駱致遜不可！」

白素柔聲道：「那你就去找，別在這裏生氣，更別將我當作了駱致遜！」

我笑了起來，握着她的手：「你真是一個好妻子，懂得在丈夫處在逆境的時候，用適當的詞句去刺激和安慰丈夫。」

白素嫵媚地笑着：「這件事，一定已成為最熱門的大新聞了，你雖然心急要去找駱致遜，但是還不宜立即行動，且等事息『冷』一些的時候再說。」

我搖了搖頭：「不行，或者到那時候，警方已將他找到了。」

白素也搖着頭：「我相信不會的，這個人居然能夠想到利用你，而且如此乾淨俐落地將你擺脱，我相信在一個短時期內，警方找不到他。」

我反駁她的話：「警方可以在他的妻子身上着手調查。」

白素笑了起來：「我相信，在幫助丈夫這一方面而言，駱太太才是真正的好妻子。」

我愕然：「這是什麼意思？」

「你已將經過的情形向我說過，我想，若是說駱太太事前竟絕不知道她的丈夫為什麼要行兇，若是說駱太太事前絕不知她的丈夫向你提出了什麼要求，這未免難以令人相信了。」

白素的話大有道理，我不禁陡地伸出手來，在腦門之上重重地拍了一下！

在我發覺駱致遜駕着車子疾駛而去之際，我本來是還有一個機會：可以立即監視駱太大，如果他們夫婦兩人是合謀的話，那麼我監視了妻子，當然也容易得到丈夫的下落。

但當時我卻未曾想到這一點，以致我錯過了這個機會，如果白素的估計屬實的話，那麼，駱太太如今當然已經也「失蹤」了。

為了證實這一點，我立時打了一個電話到監獄去，自稱是一名律師，要與駱太太通話，可是我得到的回答，卻是一陣不堪入耳的咒罵聲，最後則是一句：「這女人或者已進地獄去了，你到地獄中去找她吧！」

對方憤怒地放下了電話，我雖然未曾得到確實的回答，但是我也可以知道，那究竟是怎麼一回事，簡而言之，就是，駱太太已不在監獄中了！

而且，駱致遜逃獄一事一定也已被發現了，監獄發現了駱致遜逃獄之後，會產生如何的混亂，那是可想而知的，在這樣的情形之下，我還要打電話去詢及駱太太的下落，招來一連串的咒罵，可說是咎由自取！

白素笑道：「我們且在這裏做一個時期『黑人』再說，你不是常歎這幾年來沒有時間供你好好看書麼？這裏有十分具規模的藏書，你可以得償素願了，還唉聲嘆氣作什麼？」

我苦笑了一下：「只好這樣了。」

我們又再談了一陣，正當我想休息一下之際，黃老先生又來了，他帶來了一大疊報紙，那是晚報和日報的第二版，全是以駱致遜逃獄的事情為主題的。他放下報紙之後，便匆匆地離去。在他離去之前，他告訴我們，一個空前龐大的搜索網，已然展開，警方出了極高的賞格，來捉我和駱致遜兩人，所以我以不露面為妙，而且，他決定親自擔任我們兩人的聯絡。

也就是說，除了一個根本不識字的女傭之外，只有黃老先生一個人擔任和我們接觸。

因為警方的懸紅數字太大，大到了使他不敢相信任何親信的人。

黃老先生走了之後，我打開了第一張報紙，觸目驚心的大字；驚人逃獄案，神秘殺弟案主角，臨刑前居然越獄。

內文則記載着，在將要行刑時，監獄方面發覺死囚昏迷，起先是疑心死囚自殺，但繼而知道，那是另一個人，乃是殷商韋某人之子韋鋒俠，死囚已然逃去，而死囚之所以能以越獄，顯然是得到一個名叫衛斯理的人幫助。接下去，便是駱致遜和我的介紹。

在報紙的介紹文字中，我被描寫成一個神出鬼沒的人，幸而我以前曾經幫助國際警方做過事，那些剷除匪徒和大規模犯罪組織的事，都是報界所熟知的，是以在提及我的時候，「口碑」倒還不錯，有幾家報紙甚至認為，我可能是在兇犯的要脅之下，才不得已而幫助兇犯逃出監獄的。

當然，沒有一家報紙是料到我是在被欺騙的情形下，幫助了駱致遜逃獄的。報紙也刊登了警方高級負責人傑克的談話，傑克表示，任何提供線索而捕獲我及駱致遜兩人的人，都可以得到獎金二百萬元，只能提供捕獲一人的線索，則可得獎金的一半。

這的確是空前未有的巨額獎金，報上也登了傑克在發表談話時的照片，他洋洋得意的神態，溢於紙面，我頓時感到，我不但上了駱致遜的當，而且，我還上了傑克的當。因為，若不是當日在監獄外他那一句話，我或許不致於衝動地作出幫助駱致遜的決定！

我和白素兩人看完了所有的報紙之後不久，黃老先生又來了，這次他帶來的，是晚報第二次版。晚報的第二次版登載着，一切和我有關的人，都被傳詢了，我的住所也被搜查，標題是：兩雙夫婦一起失蹤。

駱致遜和柏秀瓊也一齊不見，他們不知上哪裏去了，韋鋒俠在問話後被釋放，他的車子，在通往郊區的一條僻靜公路上被發現……

這一切報道，在別人看來，全是曲折離奇，津津有味的，但是我自己卻是這些事的當事者，我看了之後，卻是哭笑不得。

但是我的哭笑不得還未曾到達最高峰，最高峰是當我在電視機上，看到了警方搜查我住所的經過之際。

我和白素結婚之後，曾經合力悉心佈置我們的住所，幾乎每一處地方，都有我們的心血在，但如今，我們卻眼看着這一切，遭受到了破壞。

我還可以忍受，因為我究竟是男人，但白素卻有點忍不住了，不論她多麼堅強，她總是女人，而家庭對於一個女人來說，是遠比生命還重要的。

我發現白素的雙眸之中，飽孕着淚水，便立即關掉了電視機：「一切都會好轉的，我們可以從頭來過。」

白素點了點頭，同時也落下了眼淚。

我覺得如今既不是生氣，也不是陪她傷心的時刻，我決心立即開始行動，我來回踱了幾步，先將我所需要的東西，列了出來。

這張單子上，包括了駱致遜一案的全部資料，和必要的化裝用品等等。

我之所以要駱案的全部資料，是因為如果我不能出門一步，那麼我要利用我做「黑人」的時間，再一次研究這件神秘如謎的案子。

由於如今我對於駱致遜夫婦，多少有了一些認識，我相信若是詳細研究的話，不致於像上次一樣，一點結果也沒有。

而我也當然不能真的在這所大宅中不離開，我要改頭換面，出去活動。

直到這時候，我才真正相信，「好人難做」這句話是十分有道理的，我為駱致遜作了那麼大的犧牲，可是如今卻落得了這樣的下場，這不是好人難做麼？幸而白素找到了這樣一個妥善的暫時託庇之所，要不然不知要狼狽到什麼程度了。

黃老先生一定是連夜替我準備的，因為第二天的一早，當我還在做夢，做夢夢見我雙手插進了駱致遜的脖子，逼他講出為什麼要殺害他的弟弟之際，黃老先生已經來了。

他的確給我帶來了駱案的全部資料，而且，不僅是報紙上的記載，居然還有一份警方保存的全部檔案的複印。這的確是出乎我意料之外。

我想，這大概是黃老先生在警方內部有着熟人的緣故，或者，他是出了相當高的代價換來的，我並沒有去深究它。除了資料之外，他還給了我一樣十分有趣的東西，那是一隻小小的提包。

這個提包是男裝的公文包，但是將之一翻轉來，卻又是一個女裝的手袋。這提包雖然不大，但是內容卻着實豐富，宛若是魔術師的道具一樣，其中包括三套極薄衣服，折成一疊，和三個面具。

這三個面具和這三套衣服是相配的，那是兩男一女，也就是說，我只消用極短的時間，就可以變換三種不同的面目，包括一次扮成女子在內。

在提包中，還有一些對於擺脱追蹤，製造混亂十分有用的小道具，這些小道具都是十分有趣的，以後有機會用到的時候，將會一一詳細介紹。

我的要求，黃老先生已全部做到了，為了他的安全起見，我請他立時離去，以免人家發覺他窩藏着我們——我不得不用「窩藏」兩字，是因為我和白素，正是警方在通緝的人！

那一天，我花了一整天的時間，在研究着警方的那份資料。

一天下來，我發覺自己對這份資料的期望，未免太高了。因為它實在沒有什麼內容。這份資料內容貧乏，倒也不能怪警方的工作不力，而是因為案子的主角，根本什麼話也不說的緣故。

警方記錄着，對駱致遜曾經進行過三十六小時不斷的盤問，如果不是法律不許可，警方人員一定要動手打駱致遜了，因為在這三十六小時中，駱致遜所講的話，歸根結柢只不過是三個字：不知道。

警方也曾採取半強迫的方式盤問過駱致遜的太太柏秀瓊，但是柏秀瓊卻是一個十分厲害的女子，她的回答使警方感到狼狽，因為她指出警方對她的盤問是非法的。

我覺得這份資料最有用的，是案發後警方人員搜查駱致遜住宅的一份報告。

在這份報告中，我至少發現了幾個可疑之點。

第一、這份報告說，駱致遜將他的弟弟自南太平洋接了回來之後，駱致遜和他的弟弟，是住在一間房間中的。

本來，兄弟情深，闊別了近二十年，生離死別，忽爾重逢，大家親熱一些，也沒有什麼值得奇怪的，但是報告書上卻提及，在他們兩人的房間之中，發現了一件十分奇異的東西。由於駱致遜堅持不開口，駱致謙又死了，所以這件東西究竟是什麼人的，有什麼用處，也沒有法子知道。這件東西是竹製的。

簡單地來說，那只是一個一尺長短的粗大的竹筒，在竹筒的內部，卻有許多黑色的微粒，和一種鮮紅色的纖維。這兩種東西，一重夾一重地塞滿了竹筒，而竹筒的底部，則有一個小孔，因之使得這一竹筒，看來像是一具土製的濾水器。

這東西可能是駱致謙從南太平洋島上帶回來的，但是竹筒上所刻的花紋卻十分特別，經過專家的研究，也不知道什麼意思，而且，和南太平洋各島土人習慣所用的花紋，也大不相同。

第二、除了這件東西被懷疑是駱致謙所有的之外，幾乎沒有別的東西了，他是隻身回來的。

第三、駱致遜有寫日記的習慣，可是案發之後，他的日記簿卻不見了，日記簿是如何消失的，這是一個謎，因為駱致遜在案發之後，立時被擒，連回家的機會也沒有，他不能在事後去銷毀日記簿。如果說，他在事前就銷毀了日記簿，那麼他殺害駱致謙的行動，就是有預謀的了，可是，動機又是為了什麼呢？

看了這份報告書之後，我感到那個用途不明的竹筒，和那本失了蹤的日記簿，是問題的焦點。

還有引起我疑惑甚深的，便是駱致遜親赴南太平洋去找他的兄弟，忽然他和駱致謙一齊出現，但是究竟他是怎樣找到，在什麼地方找到駱致謙的，這件事卻是異常的曖昧不清。

可以說一句，這件事除了他們兩兄弟之外，沒有人知道。只有一份遊艇出租人的口供，說他曾將一艘性能十分佳的遊艇，租給駱致遜，而在若干天之後，駱致遜就和他的弟弟一齊出現了。

當時，社會上對這件事，也是注意兄弟重逢這一件動人的情節上，至於他們兄弟兩人是在什麼樣的情形下重逢的，竟然被忽略了。

我堅信，這也是關鍵之一。

花了一整天的時間，我的收穫就是這一點，我並不感到氣餒，因為我有的是時間，而且，正如我事先所料那樣，我有了新的發現。

晚上，當白素和我一齊吃了晚飯之後，我才將考慮了相當久的話講了出來。我道：「我要出去活動。」

白素低着頭：「你上哪裏去？」

我道：「我不但要找到駱致遜，而且，我要從查清這件奇案着手，所以我要到南太平洋去，我先要弄清，駱致遜是怎樣找到他弟弟的，這和他殺死他弟弟之事，一定有極大的關連！」

白素帶着很大的憂慮望着我：「你想你離得開麼？警方封鎖了一切交通口！」

我聳了聳肩，笑道：「那全是官樣文章，我認識一打以上的人，這一打以上的人，可以用一百種以上的方法，使一個人神不知鬼不覺地進出，而不需要任何證件，也不必通過什麼檢查手續。」

白素輕輕歎了一口氣，道：「你不要我陪你一起去麼？」

我握住了她的手：「如果我們兩個人一起行動，那麼逃脱警方耳目的可能便減少了一半。」

白素仍然不肯放心，又道：「那麼，我們分頭出發，到了目的地再會合呢？」

我苦笑了一下：「好的，我們分開來行動好了，犯罪的是我，你是沒有罪的，就算落在警方的手中也不要緊，但是你仍然要化裝，行動要小心，而且，我們兩個人要找不同的人幫我們出境。」

白素十分高興我答應了她的要求，她雀躍着：「我也要準備一下了。」

我忙道：「一切由我替你安排好了！」

我要安排的第一步，是我們要有兩個不同的人幫助我們出境，但是第一步已經行不通了。

我以電話和那些可以幫助我離境的人聯絡，可是他們的答覆幾乎是一致的；「衛先生，你太『熱』了，『熱』得燙手，我們接到嚴重的警告，不能幫助你，請你原諒，實在請你原諒。」

我一連接到了七八個這樣的答覆，不禁大是氣惱。可是我氣惱的卻不是那些人不肯幫助我，他們接到了警方嚴重的警告，不敢再來幫我，那是人之常情，我惱的是傑克，這一切，自然都是他的安排！

最後，我幾乎已絕望了，但是我還是打了一個電話給一個外號叫「十九層」的人。他這個外號之得來，是因為傳說中的地獄是十八層，而他卻是應該進第十九層地獄去的人。另一是說他有辦法，可以使地獄從十八層變為十九層，不論如何，他就是這樣一個對什麼事都有辦法的人。我和他並不是太熟，只是見過兩次而已。

我打了好幾個電話，才找到了他，當我講出了我的名字之後，他呆了半晌。然後，他才道：「是你啊，衛先生，全世界的警察都在找你！」

我苦笑了一下：「不錯，我也有這樣的感覺，所以，我想先離開這裏，請你安排，你要多少報酬，我都可以答應的。」

十九層忙道：「我們是自己人，別提報酬。」

他竟將我引為「自己人」，這實在令我啼笑皆非，我是想進天堂的，誰想在十九層地獄中陪他？但在如今這樣的情形下，我卻也只得忍下去，不便反駁，我又問道：「你可有辦法麼？」

十九層道：「你太『熱』了——」

我不等「十九層」講完，便打斷了他的話題：「我知道這一點，不必你來提醒我，你能不能幫助我，乾脆點說好了！」

在我怒氣沖沖地講出了這幾句話之後，我已經不存希望。

可是，十九層的回答卻出乎我的意料之外：「我想是可以的，但是要用一個十分特殊的方式，你可知道警方對你的措施已嚴厲到了什麼程度？甚至遠洋輪船在離去之際，每一個人都要作指紋檢查，看看是不是『正身』！」

我心中苦笑了一下，警方這樣對待我，那麼駱致遜夫婦，自然也走不了的了。我一想到這裏，心中陡地一動，忙問道：「十九層，除了我之外，還有人要你幫助離開本市麼？有沒有？」

十九層笑了起來，他笑得十分之詭秘！

在電話中，我自然看不出他的神情如何，但是從他的笑聲之中，我卻聽出了他一定有什麼事情瞞着我，不讓我知道。

我立時狠狠地道：「十九層，你笑什麼，有什麼好笑的？告訴我，駱致遜夫婦是不是也通過了你的安排而出境了？」

十九層仍然在笑着，但是他的笑聲卻很快地便十分勉強，只聽得他道：

「先生，我認為你在如今這樣的處境之中，不宜再多管閒事！」

他對我居然用這樣的口氣講話，這實在是令得我大為生氣的事情。但是我的脾氣卻未曾在電話中發出來。我決定等見到他的時候再說。如果他答應助我離去的話，那麼我是一定可以見到他的。

所以，我只是打了一個「哈哈」：「你說得不錯，你作什麼樣的安排？」

十九層停了片刻，才道：「現在，唯一可以離開的方法，便是將你當作貨物運出去，因為警方現在注意所有的人，但是還未曾注意到所有的貨物。」

我苦笑了一下：「不論什麼方法，就算將我當作殭屍都好，我應該怎樣？」

十九層給了我一個地址：「你到那地方去，見一個叫阿漢的人，你必須聽從他的每句話！」

我忙道：「那麼你呢？我們不見面了麼？」

他又十分狡獪地笑了一笑：「我們？我們有必要見面麼？」

我又道：「不見面也好，可是你得——」

卻不料我才講到這裏，便突然被他打斷了話頭，他道：「行了，我和你通話的時間太長了，你快照我的吩咐去做。」

我呆了片刻，我斷定十九層是一定知道駱致遜的消息的，我在離開之前，必須去見他，他以為我的處境不妙，就可以欺負我，那是大錯而特錯了！

我放下電話，便開始化裝，然後，在黃家巨宅的後門離開去。

剛才，我和十九層通電話的號碼，我知道是一個俱樂部的電話，那是一個三山五嶽人馬豪賭的場所，我到那裏去，大約可以找到十九層。

他見了我的面，再想敷衍我，可沒那麼容易！

我離開了黃宅之後，在街上大模大樣地走着，由於化裝的精妙，我這時看來，是一個十分有身分的中年人，當然不會有人疑心我的。

而在外面，街頭巷尾，幾乎人人都在談論着駱致遜越獄一事，我上了街車。司機也喋喋不休地向我說着他「獨有」的「內幕消息」，我也只好姑妄聽之。

車子到了俱樂部門口，那是限於會員和會員的朋友才能進入的地方，我來到了門口，貼牆站着，等到另外有兩個人坐着華麗的汽車來了，我才突然向他們一招手。「喂，好久不見了！」

由於他們有兩個人，所以他們相互之間，都不知我究竟是在招呼哪一個，以致兩人都向我微笑地點了點頭，我也順理成章地和他們走了進去。

進了俱樂部之後，我就不陌生了，因為這是我來過好幾次的地方了。

我知道十九層最喜歡賭輪盤，我就直向輪盤室中走去，還沒有看清人影，就已經知道十九層在什麼地方，因為他正在大聲叫嚷！

他在大聲叫嚷，就表示他贏錢了，他贏錢的時候，對於四周圍的一切，都不加以注意，只是興奮之極地高聲叫嚷着，連我到了他的身後，都不知道。

直到我一隻手，重重地搭到了他的肩頭之上，他才回頭來。

他當然是認不出我來的，當他以怒目瞪着我之際，我低下頭去，低聲道：「我是衛斯理，你不想我對你不利，就跟我走。」

他呆了一呆，突然像受了無比委曲也似地怪叫了起來：「要我跟你走？我正在順風中，再讓我押三次。」

我搖頭道：「不行。」

他哀求道：「兩次，一次！」

我仍然搖頭，道：「不行，如果你再不起身，你就真的要到第十九層地獄去了。」

他歎一聲，站起了身子來。

我一直緊靠着他而走，出了那間房，我和他一齊進了一間休息室之中，他道：「別做得太過分了，我吵架起來，你沒有好處的。」

我冷笑道：「你根本沒有機會出聲，我的手中有一支特製的槍，這支槍中射出來的，是一種染有毒藥的針，這種針不能置人於死，但卻可以使人的脊椎神經遭到破壞，人也成為終身癱瘓，你可要試試？」

十九層坐了下來：「你明知我不願意試的，何必多此一問。」

我道：「我還是非問不可，因為或者你不夠聰明，那就等於在說你要試一試了，我問你，你安排駱致遜夫婦去了何處？」

十九層道：「我……我從來也未曾見過他們。」

我不去理他，逕自數道：「一——二——三——」

他忙搖手道：「慢，慢，你數到幾？」

我冷冷地道：「你以為我會數到幾？」

十九層攤開了手：「你這樣做，其實是十分不智的，你知道，只有我，才有力量使你離境，而你竟這樣在對付唯一可以幫助你的人！」

我沉聲道：「我要知道駱致遜夫婦的下落，你說不說，我限你十秒鐘！」

我一面說，一面還狠狠地摑了他兩個耳光！

（這實在是我十分不智的一個行動，日後我才知道因之我吃了大虧！）

十九層捂住了臉：「好了，我說了，他們是昨天走的，他們被裝在箱子中，當作是棉織品，是坐白駝號輪船走的。」

「目的地是什麼地方？」

「是帝汶島。」

我吸了一口氣，這和我的目的地是相同的。帝汶島在南太平洋，從帝汶島出發，可以到很多南太平洋的島嶼。可是我的心中，同時又產生了另一個疑問：他們為什麼要再到南太平洋去呢？

我站了起來：「行了，現在我去找那個人，你仍然要保證我安全出境，要不然，你仍不免要吃苦頭的，請你記得這句話。」

我不再理會他，轉身走了開去，出了那俱樂部，便找着了十九層要我找的人。到了那裏，一個瘦削的人，自稱姓王，說他可以為我安排。

他帶我來到了碼頭附近。

在一個倉庫之中，他和幾個人交頭接耳，然後，他又交給我一個小木箱，低聲道：「這裏面有着食水和乾糧，你將被放在這樣的箱子之中。」

他向前指了一指，那是一種大木箱，這木箱是裝瓷器的，因為上面已漆上了「容易破碎，小心輕放」，和一個向上的箭頭，表示不能顛倒。

但是這個木箱卻只不過一公尺立方，我自然可以不怕被悶死，因為木箱的製造很粗，木板和木板之間是有縫可以透氣的，但是，在這樣的木箱中，我卻只能坐着，那無異是不舒服到極點的了。

我搖了搖頭：「沒有第二個辦法了麼？」

那傢伙攤了攤手：「沒有了，事實上，你也不必忍受太多的不舒服，一上了船，你就可以在夜間利用工具撬開木箱出來走動的了，如果你身邊有足夠的鈔票，那你甚至可以成為船長的貴賓，但是在未上船之前，你可得小心。」

我問道：「這批貨物什麼時候上船？」

那傢伙道：「今天晚上，你如今就要進箱子，祝你成功。」

我還想再問他一些問題，但是那傢伙卻已急不及待地走了。幾個工人則來到了我的身邊，將我領到了一個木箱之前，要我進去。

我沒有第二個選擇了，只好進去，那幾個人立時加上了箱蓋，「砰砰」地將箱蓋用釘子釘上去，我彷彿自己已經死了，躺在棺材中，由人在釘棺蓋一樣！

第四部

漫長航程

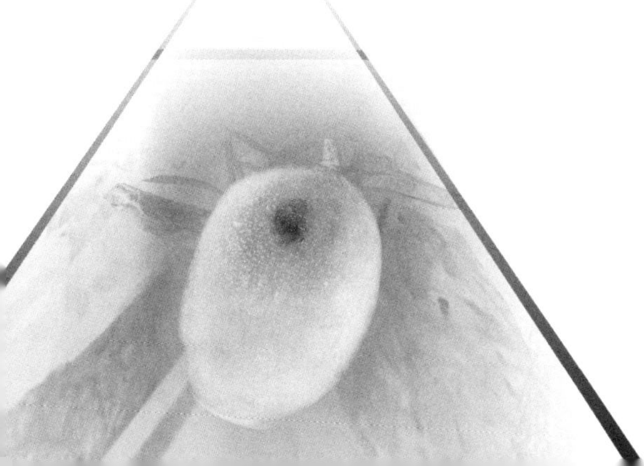

我相信，世界上人雖多，但是嚐過像我如今這樣滋味的人，卻也一定寥寥可數。

我抱着膝，坐了下來，將工具和食物放在前面，箱子之中居然還有空隙可以讓我伸伸手，反正時間還早，我不妨休息一下。

我居然睡着了，等到我醒來的時候，我聽到了一陣隆隆的聲音，我從板縫中望出去，看到一架起重機，正在吊着大木箱：和我藏身相同的木箱，有數百個之多，全被起重機吊到一輛大卡車，而大卡車在裝載了大木箱之後，便向外駛了出去。

快到船上去了，我心中想，到了船上之後，我就可以設法出來走動走動了，我相信只要船啟了碇，那就算我被發現，也不要緊了。

我十分樂觀，約莫等了一小時左右，我藏身的木箱，也被吊了起來，在半空之中，搖搖晃晃，然後，被放上了大卡車，大卡車向前駛去，不一會來到了碼頭。

我藏身的箱子，又被起重機吊了起來，這一次吊得更高，當我在半空中的時候，我從木縫中看下去，看到碼頭上，警察林立，戒備得十分森嚴，我的心中不禁暗自慶幸。直到如今為止，事情十分順利。

我被放進了船艙之中，等到幾個人將木箱放好之後，我便覺得有點不對頭了。

果然，幾乎是立即地，「砰」地一聲響，我的上面又多了一個箱子。我幾乎要大叫了起來，他媽的，十九層難道竟未曾安排好，將我藏身的箱子放在最外面麼？

我當然是不敢叫出聲來的，我只好焦急地希望我的上面雖然有木箱，但是左近卻不要有才好。

可是，半小時之後，我絕望了。

我的上下左右，四面全是木箱，我藏身的木箱，是在數百個大木箱之中！那也就是說，在漫長的旅途中，我將沒有機會走出木箱去！

這怎麼成？這怎麼可以？我心中急促地在想着：我是不是應該高聲叫嚷呢？

如果我叫嚷，我當然可以脫身，但是也必然會落到了警方的手中！

而如果我不叫嚷，我能夠在這個木箱中經過二十天的海上航行麼？這實在是難以想像的！

我終於叫嚷了起來，因為我想到我會被活埋也似地過上一個月，這實在太可怕了，我寧願被人發覺，落到了警方的手中再說。

我大聲地叫着，可是，在五分鐘之後，我立即發覺，我這時來叫喊，已經太遲了！

在我的四周圍，已經堆上了不少大木箱，這些大木箱，一定已阻住了我的聲音，而且，即使我的聲音還能傳出去，那也一定十分微弱，起重機的喧鬧聲一定將我的叫聲遮蓋了過去，而沒有人聽到。

我只聽得「砰砰」的大木箱疊在大木箱之上的聲音，在不斷地持續着，可知在我的上面和四周，仍然在不斷地被疊上大木箱。

我由大叫而變成狂叫，我取出了工具，那是一柄專用撬釘子的工具，我輕而易舉地便撬開了木箱，可是我卻走不出去。

因為在我的面前，是另一個木箱。

我用力去推那木箱，我希望可以將木箱推倒，那麼我就可以引起人家的注意，和脱出這重重的包圍。

然而，我用盡了力，卻依然不能使大木箱移動分毫！我着亮了電筒，我必須小心地使用電筒，因為這是我唯一的照明工具了。

我向前面的木箱照了一照之後，又撬開了那隻木箱，將木箱中一包一包的東西拉出來，我在感覺上知道那是棉織品。

我被數以百萬件計，裝成了箱子的棉織品，包圍在中間。

我費了許多功夫，才將前面大木箱中的棉織品，塞進了我原來藏身的木箱之中，由於我可以活動的空間十分之小，所以等到我終於搬清了前面箱子中的貨物，而我人也到了前面的箱子中的時候，可以説是已經筋疲力盡了。

但這時候，我的心情卻比較輕鬆。

因為我發現，使用同樣的方法，我可以緩慢地前進，開出一條「隧道」來。開「隧道」的辦法，便是撬開我面前的箱子，將前面的箱子中的貨物搬出來，而我人就可以向前進一步了，這就像是一種小方格的迷蹤遊戲一樣，我必須花費很多功夫，才能前進一格。

但就算我的面前有十層這樣的大木箱，我只有經過十次的努力，就可以脱身了！

剛才那一次，花了我大約兩小時，也就是説，我如果不斷地工作，二十小時就可以脱身了，而且，事實上，大木箱也不可能有十層之多！

我一想到這裏，精神大振，立時又跳了起來，開始「挖掘」我的「隧道」。

世界上有許多隧道，但是在堆積如山的棉織品中「開挖」而成的「隧道」，只怕是只此一家，別無分行。我連續地前進了三個木箱，才休息了片刻，吃了些乾糧，又繼續工作。

當我弄穿了第六個木箱的時候，我不禁歡呼了一聲，因為外面已沒有木箱了！但是，當我用電筒向前去照明之際，我不禁倒抽了一口冷氣。

的確，我的「隧道」已然成功，我應該是可以脱身的了——如果不是在棉織品之旁，又堆有其他貨品的話。可是如今，當我在撬下了木板之後，我卻看到外面另外有貨物堆着。

而且，那是我無法對付的，它們是一大盤的鐵絲！我有什麼辦法來對付鐵絲呢？除非我有一柄「削鐵如泥」的寶劍。

然而，我當然沒有這樣的寶劍。

我也不會愚蠢到想去推動那些鐵絲，因為每一盤鐵絲可能有一噸重，而我可以看到，至少有數百盤鐵絲在我的前面。

我頹然地坐了下來，這連續不斷的十幾小時的操作，令得我的骨頭，根根都像是散了開來一樣，而尤其當你在經過了如此的艱辛，竟發覺自己的努力，一點用處也沒有之際，那就會更加疲倦。

我像死人一樣地倒在木箱中之中，不知過了多久。

由於我不動，我倒覺出，船身像在動，而且，也沒有規則的機器聲傳了過來，我知道，船已經啟航了，而我則被困在貨艙之中。

我一動也不想動，像死人一樣地坐着，在極度的疲乏之中，我慢慢地睡了過去。

等我睡醒的時候，我看了看手表，等到我肯定手表未曾停止之時，我才知道，自己已睡了十小時之多！

我只覺得渾身痠痛，我只想直一直身子，在那一剎間，我忘記自己是在箱子之中了，我的身子挺了起來。

可是，我的身子只向上一挺開，頭頂便已「砰」地一聲，撞在箱子上了。這一撞，使我痛得大叫了起來，但是也使我的頭腦，反而清醒了一陣，同時，陡地一亮：我並不絕望！

我的「隧道」來到這裏，被鐵絲所阻，我無法在鐵絲之中挖洞出去，但是，「隧道」不一定是要直向前的，我可以使「隧道」轉而向上！

通常，貨物裝在船的貨艙之中，是不會一直碰到船艙的頂部的，總有空隙，那麼，只要我能弄破最上的一個木箱，我就有機會爬出去，爬過鐵絲或其他的貨物而脫身了。

我又開始工作了，而且，我發覺我這次工作，要比上次容易得多，因為我一弄破箱子，箱子中的棉織品，便會自動向下落來，使我省卻了不少搬運的氣力。

我在又弄穿了六個箱子之後，終於，我爬上了一大堆木箱的頂。頂上的空位，比我想像的還要多，我可以站直身子。

我着亮了電筒，在鐵絲上走了過去，鐵絲過去，是一麻包一麻包的貨物，我是被「埋」在貨艙的角落的，我當然已經想到，我之所以會有這樣的遭遇，絕不是因為十九層的疏忽之故。那一定是十九層故意安排的。他並不是想害死我，但卻要使我吃點苦頭。

我不是一個有仇不報的人，當我走過麻包，沿着麻包爬下來之際，我心中已然決定，只要有機會，我一定要報復，一定要使十九層試試被埋在地下的滋味！

我攀下了麻包之後，便站在貨艙中僅有的一些空隙之中了，我很快地便發現了這一道鐵梯，鐵梯是向上通去的。大貨輪在航行中，貨艙當然是加上了鎖的，但是也會有人來定期檢查。

我本來是想等有人來貨艙檢查時再作打算的，但是我立即改變了主意。

因為我不知道究竟要等多久才會有人下來；而如今，我已經十分迫切地希望呼吸一口新鮮空氣了。

我攀上了鐵梯，到了艙蓋之下，在我用力向上頂的動作之下，艙蓋出現了一道縫，我用一片十分鋒利的薄鋸片，從縫中伸了進去，鋸動着。這薄鋸片，是我隨身攜帶的許多小工具之一。

幸而這艘貨船是十分殘舊的老式的，所以我才能鋸斷了鎖，從艙中脫身。當我推開了艙蓋，呼吸到了一口新鮮空氣之際，我身心所感受到的愉快，實在是難以形容的。外面十分黑，正是午夜時分。

我頂開了艙蓋，翻身上了甲板。

我一躍上了甲板之後，又深深地吸了幾口新鮮空氣，然後我向前走出了十來步，在一艘吊在船舷之旁的救生艇中，坐了下來。

那地方十分隱秘，即使在白天，也不容易被人發現的，何況現在是晚上。

我開始作下一步的打算了。

如果不是貨艙中的貨物，給我弄了個一塌糊塗，那麼我現在已可以公開露面了。我可以直接去見船長，要他收留我，在海上，船長有着無上的權威，我的要求可以滿足一個船長的權利慾，多半可以獲准的。但因為貨艙中的大木箱被我毀壞了十二個之多，那十二個大木箱中的棉織品，也成了一團糟，如果我一講了出來，船長一定立時將我扣留！

所以，我必須要想別的辦法，來度過這漫長的航程。

我必須取得食水，食物倒還不成問題，因為我的乾糧還在，食水的最可靠來源，當然是廚房了。

我想了沒有多久，便向船尾部分走去，聽得前面有腳步聲和交談聲傳了過來，我身子一閃，閃到了陰暗的地方。

向前走來的是兩個水手，他們可能是在當值，因為他們的手中都執着長電筒，但這時，他們並沒有亮着電筒，所以他們也沒有發現我。

他們一面走，一面在交談，我聽得其中一個道：「船長室中的那一男一女，你看是不是有點古怪？」

另一個道：「當然，見了人掩掩遮遮，定然是船長收了錢，包庇偷渡出境，他媽的，做船長就有這樣的好處，我們偷帶些東西，還要冒風險！」

那一個「哈哈」笑了起來：「當然是做船長的好，我看這一男一女兩人一定十分重要，要不然船長何必下令，除了侍應生之外，誰也不准進船長室？」另一個又罵了幾句，兩人已漸漸走遠了。

他們兩人的交談，聽在我的耳中，不禁引起了我心中莫大的疑惑。

在船長室中有兩個神秘的客人，這兩個人是一男一女，那是什麼人呢？難道就是駱致遜和柏秀瓊？

我一想到這一點，不禁怒氣直沖！

因為如果就是他們的話，那十九層既然有辦法安排他們在船長室享福，為什麼卻要我在貨艙中吃苦？

我決定去看個究竟，而且這時候，我又改變了主意，既然船長是公開受賄偷運人出境的，那麼我等於已抓到了他的小辮子，這件事如果公開出來，他一定會受到海事法庭的處罰的。

那也就是說，就算我弄壞了十二箱棉織品，他也將我無可奈何了。

我一想到這裏，立時從陰暗之中閃了出來，叫道：「喂，你們停一停！」

那兩個水手，突然聽得身後有人叫他們，連忙轉過身來，而這時，我也已大踏步地向前，迎了上去。

那兩個水手看到了我，簡直整個呆住了，直到我來到他們的面前，他們才道：「你……你是什麼人？」

我沉聲道：「你別管，帶我去見船長！」

那兩個水手互望了一眼：「我們不能這樣做，我們必須先告訴水手長，水手長報告二副，二副報告大副，大副再去報告船長。」

我笑了起來，取出了兩張大額鈔票，給他們一人一張：「那好，你們不必帶我去見船長，只要指給我看船長室在什麼地方就可以了。」

那兩個水手大喜，伸手向一度樓梯之上指了指：「從這裏上去，第一個門，便是高級船員的餐室；第二個門，就是船長室了。」

我向那兩個水手一揮手，向前直奔了出去，我一直奔到了樓梯附近，然後迅速地向上攀去。上了樓梯，是船上高級人員的活動地點，一般水手，如果不是奉到了船長召喚而登上樓梯，是違法的。

我只向扶梯登了一半，便聽得上面有人喝道：「什麼人？停住！」

我當然不停，相反地，我上得更快了。

那人又喝了一聲，隨着他的呼喝聲，我已聽到了「卡咧」一下拉槍栓的聲音。但是那人卻未曾來得及開槍，因為我已經飛也似地竄了上去，一掌砍在他的手臂上，他手中的槍「啪」地跌了下來。

我的足尖順勢鈎了一鈎，那柄槍已飛了起來，我一伸手已將槍接住了！

那被我擊中了一掌的傢伙向後退出了幾步，驚得目瞪口呆：「這……這是幹什麼？你……你是要叛變麼？快放下槍。」

我向他看去，那人年紀很輕，大概是航海學校才畢業出來的見習職員，我也不去理會他的身分，只是冷冷地道：「你錯了，我不是水手。」

他的眼睛睜得更大了：「那麼，你……你是什麼人？」

我冷笑一聲：「你來問我是什麼人？你為什麼不問問在船長室中的一男一女是什麼人？」

那傢伙的面色，頓時變得十分尷尬：「你……你是怎麼知道的？」

我壓低了聲音，將手中的槍向前伸了一伸：「快帶我去見他們！」

那人大吃了一驚：「船長有命令，誰也不准見他們的。」

我笑了起來，這傢伙，現在還將船長的命令當作神聖不可侵犯，這不是太可笑了麼？我道：「現在我命令你帶我去見他們。」

他望了我的槍口一眼，終於轉過身，向前走去。

我跟在他的後面，來到了第二扇門前，那人舉手在門上「砰砰」地敲着。

不到一分鐘，我便聽到了裏面傳出來發問聲：「什麼人？我們已經睡了。」

那是駱致遜的聲音！

我一聽就可以聽出，那是駱致遜的聲音！

我用槍在那人的腰眼之中，指了一指，那人忙道：「是我，是我，船長有一點事要我來轉告，請你開門，讓我進來。」

我在那人的耳邊低聲道：「你做得不錯。」

那人報我以一個苦笑，而那扇門，也在這時，慢慢地打了開來。

門一開，我一面用力一推，將那人推得跌了開去，一面肩頭用力一頂，

「砰」地一聲，已將門頂開，我只聽得駱致遜怒喝道：「什麼事？」

我一轉身，已將門用腳踢上，同時，我的手槍，也已對準了駱致遜了。

艙房中的光線並不強，但是也足可以使他看到我了。

在駱致遜身後的，是柏秀瓊，船長的臥室相當豪華，他們兩人的身上，也全穿着華麗的睡衣，那狗養的船長一定受了不少好處，所以才會將自己的臥室讓出來給他們兩人用的。

我望着他們，他們也望着我，在他們的臉上，我第一次發現一個人在極度的驚愕之中，神情原來是如此之滑稽的。

我會突然出現，那當然是他們做夢也想不到的事！

而這時，我心中的快意，也是難以形容的。

我拋着手中的槍，走前兩步，在一張沙發上坐了下來，揚了揚槍：「請坐，別客氣！」

駱致遜仍是呆呆地站着，倒還是他的太太恢復了鎮定，她勉強地笑了一笑：「衛先生，你……現在是在一艘船上。」

我呆了一呆，一時之間，還想不通她這樣提醒我是什麼意思。我當然知道我自己是在一艘船上！」

我只是冷笑了一聲，並不回答她。

她又道：「在船上，船長是有着無上的權威的，而我們可以肯定，船長是完全站在我們這一邊的！」

我一聽得她這樣說法，忍不住「哈哈」地笑了起來，原來她想恐嚇我！在如今這樣的情形下，她還以為可以憑那樣幾句話嚇退我，這不是太滑稽、太可笑了麼？

我放聲大笑：「船長可能站在犯人欄中受審，你們也是一樣，那倒的確是站在你們這一邊了！」

這時候，我聽得門外有聲音傳出來，當然是我的聲音已經驚動船長了。我對着艙門喝道：「滾開些，如果你不想被判終身監禁的話！」

門外的聲響果然停止了，駱太太的面色，也開始變得更加灰白起來，她已經明白，如今，在這艘船上，有着無上權威的是我，而不是船長！

我再度擺了擺手槍，道：「坐下，我們可以慢慢地談，因為航程很長，同時，我希望我們可以談出一個好一點的結果來。因為在船長而言，你們兩個人若是失蹤了，他是求之不得的——那樣，等於他犯罪的證據忽然不見了一樣！」

駱致遜終於開口了，他道：「我們先坐下來再說，別怕，別怕。」

我笑了笑：「你說得對，如今的情形，對你而言，的確是糟得透了，但是也絕不會再比你在死囚室中等待行刑時更糟些。」

駱致遜苦笑着：「衛先生，你應該原諒我，我不是存心出賣你的。」

我斜着眼：「是麼？」

駱致遜道：「真的，你想，我從死囚室中逃了出來，當然希望立即逃出警方的掌握，我自然不想多等片刻，所以我立即駕車走了，而事後，當我再想和你聯絡，卻已沒有可能了。」

駱致遜的解釋，聽來似乎十分合理。

但是，我既然可以肯定我已然上了他的一次當，當然不會再上第二次的了。我不置可否地道：「是麼？看來你很誠實。」

駱致遜夫婦互望了一眼，駱太太道：「那麼，衛先生，你現在準備怎樣？」

我道：「這個問題，比較接近些了，我準備怎樣，相信你們也知道的，我要知道，你，為什麼會殺死了你的弟弟！」我在說這話的時候，手指是直指駱致遜的。駱致遜還未曾開口，駱太太已尖叫了起來道：「他沒有殺死他的弟弟。」我冷冷地道：「我是在問他，不是問你！」

駱致遜在我的逼視下，低下頭去，一聲不出。這正是那件怪案發生後，他的「標準神態」，因為在他將他的弟弟推下崖去之後，他一直這樣低着頭，一聲不出，來應付任何盤問。

他這種姿態的照片，幾乎刊在每一家報紙之上，我也見得多了。

我冷笑道：「你不說麼？」

駱致遜仍然不出聲。

我站了起來：「我去見船長，我要他立時回航，想他一定會答應的。而駱先生，在法律上而言，你是早已應該被人處死的人，你一上岸，便會立即被送進電椅室中去！」

駱致遜依然不出聲。

使我意料不到的是，駱太太卻突然發作了起來，只見她轉過身去，對準了駱致遜，叫道：「你該說話了，你為什麼不說？我肯定你未曾殺人，你為什麼不替自己辯護？為什麼？你也該開口了！」

我忙道：「駱太太你不知道其中的內幕麼？」

駱太太怒容滿面地搖着頭：「我什麼也不知道，我只知道他的心腸極好，他絕不是一個會殺人的人，這是我可以肯定的事情！」

「可是，當時有許多人見他將人推下崖去的！」

「不錯，我也相信，但那是為了什麼？致遜，你說，是為了什麼？」

駱致遜終於開口了，他攤開了雙手，用十分微弱的聲音道：「我……非這樣不可，我非這樣不可！」

駱致遜一開了口，我的問題立時像連珠炮一樣地發了出來，我忙問：「為什麼你非殺他不可？你費了那麼多的心血，將他找了回來，在他回來之後的幾天中，他和你又絕未爭吵過，為什麼你要殺他？」

駱致遜張大了口，好一會才道：「沒有用，我講出來，你也不會……相信的。」

我連忙俯下身去，幾乎和他鼻尖相對：「你講，你只管講，我可以相信一切荒誕之極的事情，只要你據實講！」

駱致遜望了我好一會，我只當他要開口講了，可是他卻搖了搖頭，歎了一口氣，又低下了頭去。

這時候，意料不到的事又發生了，平時看來，十分賢淑文靜的駱太太，這時忽然向前跳了過來，而且毫不猶豫地重重一掌，摑在駱致遜的臉上。

那一下清脆的掌聲，使我陡地一震，我還未曾表示意見，駱太太已經罵道：「說，你這不中用的人，我要你立即就說！」

我早已說過，駱太太是一個十分堅強、能幹的女子，而駱致遜則是一個相當懦弱的人。

這也正是問題的癥結所在：為什麼一個性格懦弱的好人，會將他的弟弟，推下山崖去呢？

如今，我可以明顯地看出來，駱太太是在刺激駱致遜要他堅強起來，將真情講出來。

那絕不是在做戲給我看的，這種情形，至少使我明白了一點，駱致遜為什麼要殺人，這一點，是連駱太太也不知道的。

駱致遜被摑了一掌之後，他的臉色更難看了，一忽兒青，一忽兒白，他的身子在發着抖，突然間，他的雙手又掩住了臉，可是就是不開口。

我感到世界上最難的事情，莫過於要從一個人的口中套出他心中的秘密，只要這個人不肯說，你是拿他一點辦法也沒有的。

駱致遜雙手掩住臉，他的身子在發抖，過了足足有五分鐘，他才以幾乎要哭的聲音道：「好，你們逼我說，我就說，我就說——」

駱致遜講了兩遍「我就說」，但是仍然未曾講出究竟來，我焦急得緊緊地握着拳，因為他可能突然改變主意，那我就前功盡棄了！」

他停頓了足有半分鐘之久！

那半分鐘的時間，長得使人覺得實在難以忍受。

總算駱致遜開口了，他道：「我說了，我是將他推下去的，因為，他……他，他已經不能算是人了！」

我呆了一呆，我不明白他這樣講是什麼意思，我向駱太太望去，只見她的臉上，也充滿了驚詫之色，顯然她也不明白這是什麼意思。

我立即向駱致遜望去，駱致遜這一句話是如此之無頭無腦，我當然要問個明白的。可是當我看到了駱致遜的情形之後，我卻沒有出聲。

他全身正在發抖，抖得他上下兩排牙齒相印，發出「得得」的聲音來，在他的神情如此激動的情形下，我實也不忍心再去追問他了。

他抖了好一會，直到他伸手緊緊地抓住牀頭，才令得他較為鎮定了些。

到這時候，他又喘着氣：「你們明白？我實在是非將他推下去不可。」

我不禁苦笑了，我被他的話弄得莫名其妙，而他卻說我已明白了，我盡量使自己的聲音緩慢些，道：「我不明白，他明明是人，你怎麼說他不是人？」

駱致遜忽然提高了聲音，尖叫了起來：「他不是人，他不是人，人都會死的，他不會死，這算是什麼？」

駱致遜叫完了之後，便瞪着眼睛望着我，在等待我的回答。

可是，我除了也瞪着眼睛回望着他之外，什麼也回答不出來。

我根本連駱致遜這樣的講法，究竟是什麼意思也不知道，那又從何回答起？他說駱致謙不會死，人總是會死的，照歸納法來說，不會死的，當然不能算是人了。

然而，如果駱致謙是一個不會死的「人」，他謀殺駱致謙的罪名當然也不成立了。因為他的罪名正是「殺死」了駱致謙，而駱致謙是「不會死」的，又怎會有「殺死」這件事？

第五部

失敗

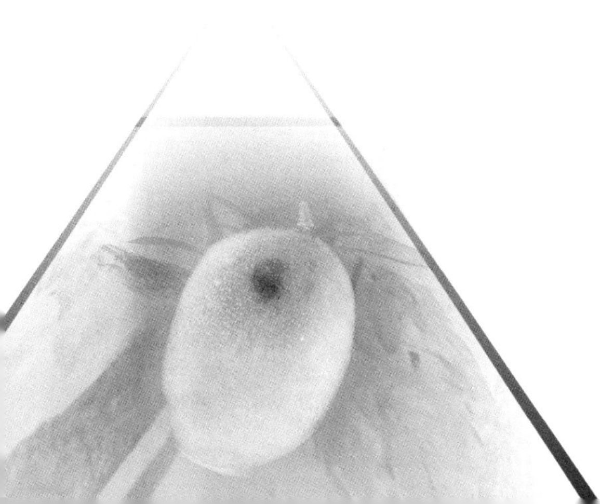

我腦中亂到了極點，千頭萬緒，不知從何問起才好。這時候，我聽得駱太太道：「致遜，你講得明白一些，你，未曾殺死他？」

「我……殺死他了！」

「可是，剛才你說，他是不會死的。」

「我將他從那樣高的崖上推了下去，我想……我想他多半已死了，我……實在不知道。」

「你慢慢說，首先，你告訴我，他何以不會死？」

「他……吃了一種藥。」

「一種藥？什麼藥？」

「不死藥。」

「不死藥？」

駱致遜和他的太太，對話到了這裏，我實在忍不住了，我大聲道：「別說下去了，這種一點意義也沒有用的話，說來有什麼用？」

駱太太轉過頭來，以一種近乎責備的目光望着我：「衞先生，你聽不出他講的話，正是整個事件的關鍵所在麼？」

我冷笑一聲：「什麼是關鍵？」

駱太太道：「不死藥。」

我猛地一揮手，以示我對這種話的厭惡：「你以為駱致謙得到了當年秦始皇也得不到的東西？」

我這句問話，當然是充滿了譏刺之意的。可是駱太太的詞鋒，實在厲害，她立即回敬了我一句：「我們如今已得到了許許多多，秦始皇連想也不敢想的東西，是不是？」

我翻了翻眼，那倒的確是的，是以令我一時之間無話可說。

駱太太又道：「所以，這並不是沒有意義的話，衛先生，我是他的妻子，我自然可以知道他這時候講的，是十分重要的真話！」

我已完全沒有反駁的餘地了，我只得道：「好，你們不妨再說下去。」

我一面講，一面向駱致遜指了指，我的話才出口，駱致遜已經道：「我要講的，也已講完了。」

駱太太忙道：「不，你還有許多要說的，就算他吃過了一種藥，是不死藥，你為什麼又非要把他從崖上推下去不可呢？」

駱致遜痛苦地用手掩住了臉，好一會，才道：「他要我也服食這種不死藥。」

「他有這種藥帶在身邊麼？」

「不是，他要我到那個荒島上去，不死藥就在那個荒島上的，而那個荒島，正是他當年在戰爭中，在海上迷失之後找到的。」

事情總算漸漸有點眉目了。

駱致謙在一次軍事行動中失了蹤，他是飄流到了一個小荒島之上。這個小島，當然是大海之中，許多還未曾被人注意的小島嶼之一。

在那個小島上，駱致謙服下了不死藥，直到他被駱致遜找回來。

他們兄弟兩人的感情，當然是十分好的，因為駱致謙要他哥哥也去服食不死藥。

事情可以很合理解釋到這裏，接下去，又是令人難以解釋的了。

駱致遜如果不願意長生不老，他大可拒絕駱致謙的提議，他又何必將駱致謙推下崖去呢？

所以，我再問道：「你拒絕了？」

駱致遜不置可否，連點頭和搖頭也不，他只是呆若木雞地坐着。

駱太太問了幾句話，可是駱致遜只是不出聲。

駱太太歎了一口氣，向我道：「衛先生，你可否先讓他安靜一下？反正在船上，我們也不會逃走的，你先讓他安定一下，我們再來問他，可好麼？」

我表示同意，駱致遜如今的情形，分明是受刺激過甚，再繼續討論這個問題，恐怕他會受不了。再則，在船上，他是無法逃脱的，航程要接近一個月，我大可以慢慢來。

所以，我立即退到了門口：「駱先生，你先平靜一下，明天見。」

我打開了艙門，退了出去，將門關上。

當我轉身去的時候，我才看到一個中年人，面青唇白地站在身後。

我從他身上所穿的衣服，便可以看出，他就是這艘船的船長了。

我冷笑了一下：「生財有道啊，船長！」

船長幾乎要哭了出來一樣地：「你……是什麼人？我們來討論一下……」

我不等那船長講完，便道：「討論什麼？討論我是不是受賄？」

我並不說我是什麼人，只是問他是不是想向我討論我是否受賄。這是講話的藝術，因為在這句話中，我給以對方強烈的暗示，暗示我是一個有資格受賄的人！

船長苦笑了一下：「是……是的。」

我點了點頭，大模大樣地道：「那麼，要看你的誠意如何了。」

船長忙道：「我是有誠意的。」

我道：「那好，先給我找一個好吃好睡的地方，最好是將你現在的地方讓出來。」

船長道：「可以，可以。」

我又道：「然後，慢慢再商量吧。」

船長苦笑了一下：「先生，我想你大概是不準備告發我的了，是不是？」

我笑道：「看來是，但還要看我在這裏是不是舒服而定，你明白麼？」

船長連連點頭，將我讓進了他的臥室。

他那間臥室一樣豪華，我老實不客氣地在牀上倒了下來，他尷尬地站在一旁。

我像對付乞丐一樣地揮了揮手：「你自己去安排睡的地方吧，這裏我要暫時借用一下了。」

船長立即連聲答應，走了出去。

我躺在牀上，心中十分舒暢，我這樣對待這混蛋船長，而我又找到了駱致遜夫婦，這使我高興得忍不住要吹起口哨來。

不一會，我便睡着了。

我是被「砰」地一聲巨響驚醒的。

當我睜開眼睛來看的時候，我簡直以為自己是在做夢，我難以明白究竟是發生了什麼事！只見在我睡着之前，還在對我恭敬異常的船長，這時穿着筆挺的制服，手中還握着手槍，兇神惡煞地站在門口。

在他揮動手臂之下，四五個身形高大的船員，向我衝了過來。

那四五個海員向我衝來，再明顯沒有，是對我不利的，我自然也知道這一點。但是，我卻不明白為什麼一覺之間，船長忽然強硬起來，要對我不利了？難道他總是怕我將他的秘密洩露出去，是以要來害死我？

可是，如果他在動這個腦筋的話，他就應該在我睡熟之際將我殺死，而不應該公然叫四五個壯漢來對付我了，但不是這樣，他又有什麼依仗呢？

在我心念電轉間，那四五個壯漢，已經衝到了我的牀前了。

船長舉槍對準了我，叫道：「將他抓起來！」

我一伸手：「別動！船長先生，你這樣做，不為自己着想一下麼？」

船長向我獰笑：「你是一個受通緝的逃犯，偷上了我的船隻，我要將你在船上看管起來，等到回航之際，將你交給警方！」

我「嘿嘿」冷笑了起來：「你是扣押我一個呢，還是連另外兩個也一起扣押？」

我「另外兩個」的意思，自然是指駱致遜夫婦而言的。我的話也等於在提醒他，別太得意忘形了，他還有把柄在我的手中！

可是，出乎意料之外地，船長聽了我的話之後，竟「哈哈」大笑了起來，分明他是有恃無恐的，他對着我咆哮道：「閉嘴！」

我呆了一呆，同時迅速地考慮着目前的情形。他的手中有槍，而又有四五個人在我的牀前。然而他說要將我扣起來，這使我斷定，他不敢殺我，那麼我暴起發難，事有可為。

我攤了攤手：「閉嘴就——」

我只講了三個字，身形一躬，猛地從牀上跳了起來。牀是有彈力的，是以我從牀上跳起來的這個動作，也格外快和有力。

我一彈了起來，雙手雙腳，一齊向前攻了出去，三名大漢，被我同時擊中。他們嗥叫着，身子向後倒去，我則立時落地，一個打滾，已滾到了船長的腳邊。

這時，三個被我擊到的大漢，也痛得在地上亂滾，地上可以說是人影縱橫，船長根本不知道我已經來到了他的腳邊了。

而當他終於知道了這一點之際，卻已然大大地遲了！

因為那時，我已經抱住了他的雙腿，猛地一拖，令得他仰天倒了下來。我一掌砍在他的手腕上，奪過了手槍，然後一躍而起，「砰」地關上了艙門，背靠着門而立，喝道：「統統站起來，將手放在頭上！」

那四五個大漢見槍已到了我的手中，自然沒有抵抗的餘地，只得乖乖地將手放到了頭上，退了開去。

船長仰天那一跤，跌得着實不輕，他在地上賴了好一會才站了起來，摸着後腦，狠狠地望着我：「你是逃不了法律制裁的。」

我道：「也許，我們可能被關在一個監房之中。」

他叫道：「我為什麼要坐監？」

我道：「你的記性太壞了，就在對面的房間中，你私運了兩個要犯出境，其中的一個，還是已經被判了死刑的了，你忘了麼？」

船長吸了一口氣：「你要脅不到我。」

我呆了一呆，道：「什麼意思？」

「他們兩人走了。」

我幾乎不相信自己的耳朵，失聲道：「走了？」

船長雖然狼狽，但是他的神情，卻還是十分得意：「走了，他放下了救生艇，偷偷地走了，你什麼證據也沒有了！」

我不禁真正地呆住了！

這個消息，對我的打擊，實在太大了！打擊之大，倒不是由於他們兩人一走，我便不能再要脅船長了，因為我的目標並不在於船長。而是由於他們兩人一走，我的處境，可以說糟糕極了。

本來，我有兩個途徑，可以改變我的處境的。

一個辦法，是我能以證明駱致遜沒有罪。第二個辦法，便是將駱致遜帶回監獄去。

除了做到這兩點中之一點之外，我都沒有辦法改變我的處境，我勢將永遠被通緝下去！

但是，要做到這兩點中的任何一點，必須有駱致遜這個人在！

如今，駱致遜走了，我怎麼辦？

我呆了足足有一分鐘之久，才道：「這是不可能，如今我們在大海中，他們下了救生艇，生存的機會是多少？他們為什麼要冒這個險？」

船長道：「那我怎麼知道？」

我厲聲道：「是你將他們兩人藏起來了！」

船長笑了起來，他笑得十分鎮定：「如果你以為這樣，那麼在船到了港口之後，你可以向當地警方指控我，但當當地警方在船上找不到人的時候，你可麻煩了。」

我在船長的那種鎮定、得意的神情中，相信駱致遜夫婦真的走了！

他們寧願在汪洋大海中去飄流，那當然是為了想逃避我，而當他們逃走的時候，我卻正在呼呼大睡，我真想用手中的槍柄重重地敲在自己的頭上，我實在是太蠢了，竟以為在船上，他們是不會離去的！

他們離去了，這給我帶來的困難，實在是難以言喻的，老實說，我實在不知該怎樣才好！

船長陰鷙地向我笑着：「把你手上的槍放下，其實，如果你想離去的話，我可以供給你救生艇、食水和食物的。」

我心中實在亂得可以，駱致遜夫婦已不在船上了，我留在船上當然沒有意義，但是，如果我在海上飄流，又有什麼用呢？

海洋是如此之廣大，難道兩艘救生艇，竟會在海洋中相遇麼？

我的一生之中，可以說從來也沒有遭遇到過連續的失敗，像如今一樣。

而且，如今我的對手，嚴格來說，也不能算是對手，他們只不過是一個死囚，一個婦人而已。

過了好一會，我才慢慢定下神來：「船長，請你令這些人出去，我有話和你說。」

船長冷冷地道：「你先將槍還給我。」

我猶豫了一下，如果我將槍還給了他，那麼，他就可以完全控制我了。但是，就算我不將槍給他的話，我現在又將控制什麼呢？

我已經失敗了，徹頭徹尾地失敗了！

船長伸出手來，向我奸笑着：「給我！」

我並沒有將槍拋給他，只是道：「船長，我現在是一個真正的亡命之徒了，我想你應該明白，一個真正的亡命之徒，是什麼也敢做的！」

船長的面色變了一下，他的聲音有點不自然：「可是以你如今的罪名來說，你不致被判死刑的！」

事情總算有了一點小小的轉機，船長果然怕我橫了心會槍擊他的，這樣，我自然更不肯將槍脫手了，我道：「對我來說，幾乎是一樣的了！」

船長的面容更蒼白了。

我又道：「當然，如果你不是逼得我太緊的話，我是不會亂來的。」

船長有點屈服了，他道：「那麼，你……想怎樣？」

船長表示妥協了，可是我的心中，卻反倒一片茫然，不知該怎樣回答他才好。一切都歸咎我實在敗得太慘了，以致我幾乎沒有了從頭做起的決心。而沒有了從頭做起的決心，當然也不知該怎樣辦才好了。

船長又追問我：「你究竟想怎樣呢？」

我不得不給了他以一個可笑的回答，我道：「請等一等，讓我想一想。」

船長愕然地望着我，而這時候，由於我自己的心中亂得可以，所以我也不去理會他的神態如何，我只是在迅速地思索着。

我究竟應該怎樣呢？

最理想的，是我可以立即有一架直升機，和一艘快艇，那麼我便可以立即在海面之上搜索駱致遜夫婦的下落了，但是在一艘已十分殘舊的貨船之上，當然是不會有快艇和直昇機的。

那麼，我是不是應該也以救生艇在海中飄流呢？

如果我也以救生艇在海中飄流，那麼我找到駱致遜夫婦的機會等於零！

我當然不應該那麼傻，那麼，我還有什麼辦法呢？

船長又在催我了。

我問他：「這艘貨船可以在就近什麼地方停一停麼？」

船長連忙大搖其頭：「絕不能，那絕無可能，我們必須在規定的時間內，直航帝汶島。」

我冷冷地道：「如果中途遇險呢？」

船長也老實不客氣地回敬我：「如果中途遇險，那又不同了，因為這使這艘船，永遠也不能到達目的地，這艘船太破舊了，不能遇險了。」

我歎了一口氣，實在沒有辦法，我只好賭一賭運氣了。我可以斷定，駱致遜夫婦擺脫我，下了救生艇，在海上飄流，並不是想就此不再遇救的，他們是有計劃地下救生艇的，可能他們帶了求救的儀器。

那麼，他們獲救的可能就非常大。

既然，他們選擇了一艘到帝汶島去的貨船，那麼他們獲救之後，可能仍然會到帝汶島去的，我可以在那個島上，等候他們。

當然，這一連串，全是我的假定。只要其中的一個假定不成立，那麼我沒有機會再見到他們了。

我說我要賭一賭運氣，那便是說，在如今這樣的情形下，我必須當我的假定完全是事實，依着假定去行事！

我對船長道：「那麼，我的要求很簡單了，我要在船上住下去，要有良好的待遇，等船到了目的地之後，你必須掩護我上岸。」

船長想了一想：「你保證不牽累我？」

我道：「當然，我還可以拿什麼來牽累你？」

船長點了點頭：「那麼，你在船上也不要生事，最好不要和水手接觸。」

我收起了手槍，道：「我可以做得到，希望你也不要玩弄花樣，因為在下船的時候，我將用槍指脅着你，不給你有對我不利的機會。」

我講完之後，就退了出去，退到了駱致遜夫婦佔據的房間中，在牀上倒了下來。

我覺得頭痛欲裂，我逼得要自己緊緊地抱住了自己的頭，才稍為覺得好過一些。

接下來的那二十多天的航程，可以說是我一生之中最最無聊的時刻了。我借了一架收音機，日日注意收聽新聞，希望得到一些駱致遜的消息。因為他們兩人如果被人發現，而又知道他們身分的話，那一定是震動世界的大新聞了。

但是，我卻得不到什麼消息，我幾乎每天都悶在這間艙房之中。

船終於到達目的地了！

我相信，若是再遲上幾天到達的話，我可能就會被這種無聊透頂的日子逼得瘋了，在辦完了入港的手續之後，船長和我一齊下船。

船長是帝汶島上的熟人了，葡萄牙官員和他十分熟，船長知道我的目的只是想離開，而不是想害他，所以他也十分鎮定。

等到他將我帶到中國人聚居的地方，我也確定他不想害我的時候，我才將手槍還了給他，他迅速地轉身離去，我則走進了一家中國菜館。

菜館中的侍者全是中國人，當我提及我有一點美鈔想換一些當地貨幣，寧願吃一點虧時，他們都大感興趣，我換了相當數量的鈔票，吃了一餐我閉着眼睛燒出來也比這美味的「中餐」，在街盡頭的一家中級旅店中，住了下來。

我已到了帝汶島，我要開始工作：我很快地就結識了十來個在街上流浪無所事事的少年，我許他們以一定的代價，叫他們去打聽一對中國人夫婦的下落，當然，我將駱致遜夫婦的外貌形容給他們聽，同時，我又要他們日夜不停，注意各碼頭上落的中國人。

我的這項工作發展得十分快，不到三天，為我工作的流浪少年，已有一百四十六個之多，但是我卻沒有得到什麼消息。

我又打了一封電報給黃老先生，告訴他我已到了帝汶島，要他先匯筆錢來給我應用。

這筆錢，在第二天便到了當地的銀行。

我自己，也每天外出，去尋訪駱致遜夫婦的下落。帝汶島是一個十分奇妙的地方，我不必多費筆墨去描寫它，總之它是一個新舊交織，天堂和地獄交替的怪地方，它是葡萄牙的殖民地，在葡萄牙或是她其他屬地上的犯罪者，會被充發到這裏來做苦工，但是，它卻也有它繁榮美麗的一面。

在海灘上，眺望着南太平洋，任由海水捲着潔白的貝殼，在你腳上淹過，那種情調，是和在夏威夷海灣度假，沒有多大分別的。

一直等了半個月，我幾乎已經絕望了。

那一天黃昏，我如常地坐在海灘上，忽然看到兩個流浪少年，向我奔了過來，他們上氣不接下氣地奔到了我的近前叫着：「先生，先生，我們相信，我們可以得到那筆獎金了！」

誰發現駱致遜夫婦的下落，誰便可以得到我許下的一大筆獎金，這是我向他們作出的諾言，我一聽得他們這樣講，大是興奮。

我忙道：「你們找到這個人了？在什麼地方？」

他們齊聲道：「在波金先生的遊艇上！」

我在帝汶島上的時候，雖然不長，只不過半個月光景，但是我在到達的第二天起，便知道波金先生這個人了。

他是島上極有勢力、極有錢的人，是以我聽得這兩個少年如此說法，不禁一呆，問道：「你們沒有認錯人？」

他們兩人又搶着道：「沒有，我們還知道這兩人是怎麼來的！」

我忙問：「他們是怎麼來的？」

那兩個少年十分得意：「碼頭上的人説，他們是在海中飄流，被一艘船救起來的，他們在船上便已打電報給波金先生，波金先生是親自駕着遊艇，去將他們接回來的，先生，我們可能得到那筆錢？」

我已從袋中取出了錢來：「當然可以。」

我將錢交到他們兩人的手上，他們歡天喜地，又補充道：「我們來的時候，波金先生的遊艇已經靠岸，大概是到波金先生的家中去，先生，你知道波金先生的天堂園在什麼地方嗎？」

波金先生的花園中，有着十隻極其名貴的天堂鳥，是以他住的地方，便叫作「天堂園」，這是島上每一個人都知道的。

第六部

一大群白癡

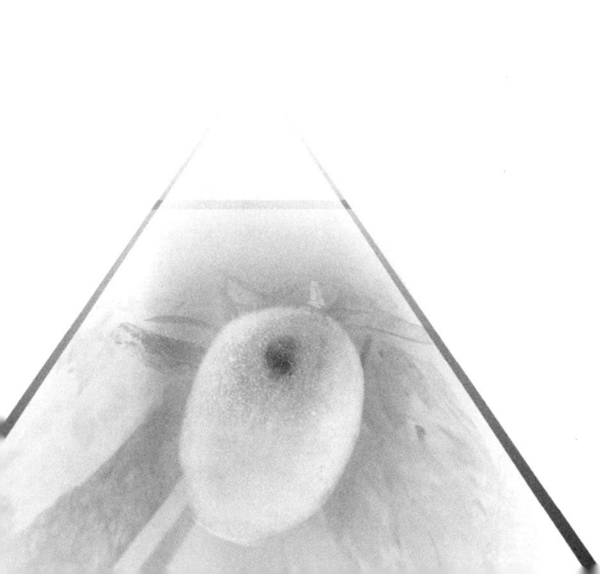

而且，島上的人，也幾乎毫無例外地知道天堂園是在什麼地方。

我已開始行動，離開了海灘，那兩個少年仍然跟在我的後面，我道：「我知道天堂園在什麼地方，我還要請你們合作，不要將這件事宣揚出去。」

那兩個少年奔了開去，高聲道：「好的。」

我先來到了遊艇聚集的碼頭上，我看到了那艘「天堂號」遊艇。那艘可以作遠洋航行的大遊艇甲板上，有幾個水手在刷洗。

從這情形看來，遊艇的主人，顯然是已經不在這艘遊艇上了。

我並沒有在碼頭耽擱了多久，便轉向天堂園去。

從碼頭到天堂園，有相當長的一段路程，但是我卻並不心急，我一路之上，吹着口哨，十分輕鬆。

因為我知道，駱致遜夫婦絕想不到我還會在島上等着他們，我可以想像得到，當我又出現在他們的面前之際，他們將如何地驚愕！

我心中暗自打定了主意，等到我再見到他們的時候，無論如何再不上當了！

當我來到天堂園的時候，天色已完全黑了下來。

我當然不會去正式求見，門口的守衛是一定會將我趕走的，我只是趁守衛不小心之際，快步奔到了圍牆之下，藏匿在陰影之中。

然後，我才利用一條細而韌的，一端有鈎子的繩子，鈎住了牆頭，迅速地向上爬去，當我快爬到牆頭之際，我呆了一呆。

牆頭上有着一圈一圈的鐵線網，那繩子一端的鈎子，正碰在鐵絲網上，在不斷發着「滋滋」聲和爆出火花來。由此可知，在牆上的鐵絲網，是通上了電流的電網。

我躊躇了一下，我的身子，是當然不能碰到那種通上了電流的電網的，我要進入圍牆的唯一方法，便是躍向前去，躍過通電的鐵絲網。

通電的鐵絲網，不是很高，我要躍過去，倒也不是什麼難事，問題就在於，我在躍過去了之後，是否能安全落地？為了尋求答案，我就必須先弄清楚，圍牆內的地面上，是不是有着陷阱。

我攀上了些，盡量使我的頭伸向前，而不碰到鐵絲網，我屈起了身子，將雙足的足尖，踏住了牆頭，可是由於天色實在太黑，我仍然看不清圍牆腳下的情形。

在那樣的情形下，我不得不冒一下險了，我蓄定了力道，身子突然彈了起來，我等於是在半空之中，翻了一個空心筋斗。我的身子迅速地向下落去，等到我估計快要落地之際，我才突然伸直了身子。

也就在這時，「呼」地一聲，在黑暗之中，有一條長大的黑影，向我竄了過來！

雖然在黑暗之中，我也知道那是一頭受過訓練的大狼狗。

那頭大狼狗在如此突兀的情形之下，向我竄了過來，我在如今這樣的情形下，應該是無可避免的。

但是，這時，我卻不得不感謝這頭狼狗的訓練人了。這頭狼狗的訓練人，將狗訓練得太好了，牠不但不吠叫，而且一撲向前來，不是咬向我別的地方，而是逕自撲向我的咽喉！

如果這時，這頭狼狗是咬向我的大腿，我是一點也沒有辦法的，但是牠咬向我的咽喉，這情形卻有多少不同了，我的雙手，維護我的咽喉，總比較容易得多了。我在躍下來的時候，是帶着那繩子一齊下來的。

這時，我右手一翻，繩端的鈎子已猛地向狼狗的上顎，疾扎了上去。

那一扎的力道十分大，鋼鈎幾乎刺透了牠的上顎！

狼狗突然合上了口，我的左掌，也已向牠前額，接近鼻尖的部分一掌拍了下去！

那是狗的脆弱所在，我這一掌的力道，又着實不輕，「啪」地一聲過處，狼狗的身子，和我的身子，一齊向地上落去。

我在地上疾打了幾個滾，一躍而起。

那頭狼狗也在地上打了幾個滾，但是卻沒有再站起來，而是伸了伸腿，死了！

直到這時，我才真正想到剛才的危險。

我身上開始沁出冷汗來。轉眼之間，我的身上，竟全是冷汗，一陣風過，我不由得機伶伶地打了一個寒顫！

我緊挨着牆圍，向前奔出了十來碼左右，才背貼着牆，站定了身子。

也直到這時，我才有時間打量圍牆內的情形。

圍牆內，是一個極大的花園。那個花園，事實上便是一個山坡，只不過樹木、草地全經過了悉心的整理。一幢極大的、白色的房屋，在離我約有兩百步處，好幾間房間中，都有燈光射出。

駱致遜夫婦，當然在這幢屋子之中！

那屋子十分大，當然不可能每一間房間中都有人的。

只要我能夠進入了這間屋子，藏匿起來，將是一件十分容易的事情。

我等了一會，心知狼狗死了，我混進宅內一事，也必然會被人知道的，但是我卻又實在沒有工具和時間來掩埋狗屍。

我藉着樹木的陰暗處，向前迅速地行進着。

當我來到屋子跟前的時候，我忽然聽得，有一個以日語在大聲呼喝着。

我連忙轉過身去，同時也呆住了。

至少有七頭狼狗，正在向前竄去，而帶領他們的，則是一個身子相當矮的人，那人分明是一個日本人，我立即懷疑他是第二次世界大戰時，日本軍隊中的馴狗人員！

那七頭狼狗是向死狗的地方撲去，我知道，我的行蹤，立即會被發現了！而在那麼多的狼狗，在當地聞到了我的氣息之後，我可以說是無所遁形的，我唯一可以暫時免生危機的辦法，是進入宅子去！

我繞着屋子，迅速地向前奔着，在奔到了一扇窗子之前的時候，我停了下來，我用力推了推，窗子竟應手而開，我連忙一躍而入。

屋內的光線十分黑，但是我仍然可以看得清，那是一間相當大的書房，我拉開了房門，外面是一條走廊，而在走廊的盡頭，則是樓梯。

當我開始向樓梯衝去的時候，我已聽到大群狼狗，發狂也似地吠叫起來，而且，吠叫聲正是自遠而近地迅速地傳了過來。

我直衝上了樓梯，已經聽得那日本人叱喝聲和狗吠聲，進了書房。

同時，我聽得二樓上一聲大喝：「什麼事？」

在那片刻之間，我真的變成走投無路了，因為我後有追兵，前有阻攔。幸而這時，我已經衝上了樓梯，是以我還能夠立即打開了一扇門，閃身而入！

我當然知道，我是不能在這間房間之中久留的，因為狼狗一定會立即知道我進了這間房間的，是以我一進了這間房間之後，我立即尋找出路。

而當我尋找出路的時候，我才發現，眼前是一片漆黑，什麼也看不到，那是真正的黑暗，連一絲一毫的光亮也沒有！

我立即斷定，這間房間一定是沒有窗子的，那麼，我該怎麼樣呢？

我是不是應該立即退回去？

外面人狗齊集，我會有什麼出路？我還是應該立即在這間房間中另尋出路的！

我抬起腳，移開了鞋跟，取出了一隻小電筒來，我按亮小電筒，我按亮小電筒的目的，便是想找尋出路，看看是不是有被釘封了的窗子之類的出路的。

可是，當我一按着了小電筒之間，我整個人都呆住了，電筒的光芒，照在一個人的臉上！

突然之間，發現自己的對面，一聲不響地站着一個人，這實在是令人頭皮發麻地可怖，在那一剎間，我實在不知該怎麼才好。

但是，那人一動也不動地站碁，對於電筒光照在他的臉上，一點反應也沒有。

我的心中，立時又定了下來，心想那不是一個人，只是一個人像而已。然而，正當我想到那可能只是一尊人像，而開始放心之際，那人卻動了起來。

雖然他的動作，只不過是緩慢地眨了眨眼睛，但是那也已足夠了，因為這證明我前面的是一個人！因為若果是人像的話，人像會眨眼睛麼？

我後退了一步，本來，我是想以背靠住門，再慢慢作打算的。

但就在我向後退出一步間，狗吠聲已來到了門口，同時，門突然被推開了，在我的身後，傳來了幾下斷喝聲：「別動，站住！」

門一打開，走廊中的光線，射了進來，我也可以看清整間房間中的情形了！

而當我看清了整間房間中的情形之後，別說我身後有別動的斷喝聲，就算沒有，我也是呆若木雞，一動也不會動了。

天啊，我是在什麼地方呢？

這不能算是一間房間，這實在是一個籠子！

這間「房間」十分大，但的確是沒有窗子的，全是牆壁，在我的面前，也不止一個人，只不過因為我的小電筒的光芒，相當微弱，是以才只能照中了其中一個人而已。事實上，站在我面前的人，便有四個之多。

這四個人，全是身形矮小，膚色黝黑，看來十分壯實，身上只是圍着一塊布的土人，一望而知，是南太平洋島嶼上的土著。

如果只是那四個人，我也不會呆住的，事實上，這間房間中，至少有着上百個這樣的土人！

他們有的蹲着，有的坐着，有的躺着，有的擠在一堆，有的蜷曲着身子。

如果只是上百個土人，那也不致於令我驚嚇得呆住了的。如今，我心中之所以驚駭莫名，乃是因為這些土人的神情，有着一種說不出來的詭異之感。

我說他們的「神情」詭異，那實在是不十分恰當的，因為在他們平板的臉上，他們根本沒有什麼神情，他們只是睜大了眼，間中眨一眨眼睛，而身子幾乎是一動不動地維持着他們原來的姿勢！

這算是什麼？這些是什麼人？我的腦海之中，立時充滿了疑惑。因為眼前的情景，實在太詭秘了，是以我竟不知道在我的身後，發生了一些什麼事，直到我感到，有金屬的硬物，在我的背後，頂了一頂，我才陡地直了直身子，哼了一聲。

這時，我聽得身後有人道：「轉過身來。」

我略為遲疑了一下，我已可以肯定，頂在我背後的一定是一柄槍，我是沒有法子不轉過身來的，是以我依言轉過身去。

在我的面前，提着槍的人，後退了一步，他是一個壯漢，當然，我一眼就可以看得出，這個壯漢並不是什麼主角，只不過是一個打手而已。

我又看到了那日本人，七八條狼狗，這時正伏在他的身旁，然後，我又看到了一個穿着錦繡睡袍的大胖子，那大概就是波金先生了。

我本來，預料可以看到駱致遜夫婦的，但是他們兩人卻未曾出現。

我被槍指着，又有那麼多頭狼狗望着我，在那樣的情形之下，我當然是沒有法子反抗的。

那個大胖子打量了我幾眼，才道：「你是什麼人？」

我聳了聳肩：「我想，你是應該知道我是什麼人的了。」

他仍然喝問道：「你是什麼人？」

我仍然不直接回答他：「駱致遜未曾講給你聽麼？你何必多問？」

這傢伙的脾氣可真不小，他竟然氣勢洶洶地向前衝了過來，揚起他的把手，就向我的臉上摑來。

我若是竟然會給他摑中，那就未免太好笑了，在他的手掌將要摑到之際，我連忙揚手一格，同時，手腕一轉，我的五指，已緊緊扣住了他的手腕。

他衝過來打我，這是他所犯的一個大錯誤，他要打我，當然要來到我的身前，他是一個大胖子，一來到我的身前，便將我的身子擋住，那一柄指住我的槍，當然便不發生作用了。

而且，那七八條狼狗，如果要撲上來的話，也絕不可能不傷及他的了。

為了我進一步有保障起見，我拉着他，向後退出了一步，令他的身子，堵在門口，我就更安全了。

我抓住他手腕的五指，力道漸漸加強，這令他額上，滲出了汗珠來。

我再反問他：「我是什麼人，現在你可知道了麼？」

他的氣焰完全消失了：「知道了！知道了！」

我冷笑了一聲：「你還不命令那些狼狗和槍手退下去麼？」

這時候，那七八頭狼狗，正發出極其可怕的吠叫聲來，所以我必須盡量提高聲音，才能使對方聽到我所講的那兩句話。

波金先生嗓子嘶啞：「走，你們都走！」

他的身子遮住了我的視線，我看不到門外發生的事情，但是我卻聽得那日本人的叱喝下，狼狗吠聲已漸漸地遠去了。

同時，我聽得有人以十分惶急的聲音在問：「波金先生，你叫我們走，那麼誰來保護你？」

波金破口大罵了起來：「混蛋，你看不到如今，我不需要人保護麼？還不快滾！」

他這時不需要人保護是假的，那兩個槍手即使想保護他，也無從保護起，那倒是真的！

槍手答應了一聲：「是！是！」

我又道：「慢着，將一柄槍放在地上踢過來。」

波金也立即道：「快照這位先生的吩咐去做。」

一柄槍從地上滑了過來，我一俯身，將槍拾了起來，同時，也鬆開了波金先生的手。當我鬆開了他的手腕之後，這臉無人色的大胖子，臉色已漸漸恢復了正常，他搓揉着被我抓成了深紫色的手腕：「趁島上的軍警還未曾包圍這屋子之前，你快走吧。」

我雙眉揚了揚：「我為什麼要走？讓軍警來包圍這裏好了！」

我一面說，一面用手中的槍，在他的肚腩上頂了頂，他的面色又沒有那麼鎮定了，他抹着汗，道：「好，那你要什麼？」

「我要見兩個人。」

「什麼人？」

「駱致遜夫婦！」

「我不認識這兩個人！」

我冷冷地道：「如果你不想在肚子上開花的話，不要浪費時間，今天傍晚，這兩個人在你遊艇上出現過，你的記憶力是不是恢復了？」

他無可奈何地點了點頭：「但是他們不在這裏，他們到我的另一所別墅中去了。」

這句話，倒是可以相信的，因為如果駱致遜夫婦是在這所屋子中的話，那麼這時，他們自知避不過去，是一定會出來和我見面的了。

我道：「那也好，你帶我去。」

波金狠狠地道：「你走不脫的，你絕對走不脫的。」

我也毫不客氣地回敬他：「你最好現在就開始禱告，要老天保祐我走得脫，因為我如果走不脫，我必先在你的肚上開一朵花。

波金氣得全身發起抖來，這時，他一定十分後悔剛才竟然衝過來打我的耳光了。

後悔是沒有用的，我又何嘗不後悔在死囚室中救出了駱致遜這傢伙？

我命令道：「轉過身去！」

波金轉過了身，我道：「現在就去找駱致遜，由你駕車，在我押着你離開這屋子的時候，在你駕車前往的時候，如果有什麼意外發生，那麼，第一個遭殃的定然是你，波金先生！」

他哼了一聲，開始向前走去。

我跟在他的後面，才走出了一步，我便陡地想起一件事來，我忙道：「慢！」

波金的胖身子又停了下來，我問道：「這間房間中，那些人，是什麼人？」

波金的身子震了一震，他沒有回答。

我又問了一遍，可是波金卻顯然沒有回答的意思。

這更增加了我心中的疑惑，我忍不住回頭看了一眼，那些人對於眼前所發生的一切，全然視而不見，他們之中絕大多數，仍然維持着他們原來的姿勢，至多也不過於眨眼睛而已。這是一大群白癡，實在有點使我噁心！

我決定不再追問下去，因為在這時候，我看不出這些人和駱致遜，和我所要進行的事有什麼關係。我只是道：「好，你不說也不要緊，你總會說的，現在，我們可以走了！」

波金慢慢地向前走着，我緊緊地跟在他的後面。

一到了樓梯口，便有四個槍手站在我們的面前，但是這四個槍手，卻立即一齊向後退去。我和波金下了樓梯。出了這幢房子，來到了車房中。

我逼他坐上了一輛華貴房車的前面，我則坐在後面，我手中的槍，一直指着他的後腦：「鎮定一點，別使車子撞在山石上！」

他駕着車子，駛過了花園，出了大鐵門。

一出了大鐵門，我就鬆了一口氣，因為我向後望了一眼，只看到花園中有許多人在匆忙地奔來奔去，但沒有一個人追上來。

既然沒有人追上來，當然也不會有人去通知當地警方的，因為他們都親眼看到，波金先生的處境，大是不妙，若是什麼風吹草動，他們會先失去了頭領！

車子在山間的道路中駛着，山路有時十分崎嶇，雖然波金的車子是第一流的豪華車輛，但有時也會有顛簸的感覺。

而每當車子過度顛簸之際，我手中的槍，便會碰到波金的後腦殼，令得波金不由自主地發出呻吟聲來。

從窗中望出去，四面一片漆黑，全是高低起伏的山影，四周圍靜到了極點。

車子似乎仍繼續在向山中駛去，終於，在前面可以看到一團燈光了。

我知道，在如今這樣的情形下，波金性命要緊，不敢再玩弄什麼花樣的，見到那團燈光，和隱隱地可以看到前面房子的輪廓之後，我更相信了這一點。

車子終於在一幢別墅前停了下來，那幢別墅十分大，式樣也十分奇怪，四周圍沒有其他的房子。

波金按着汽車喇叭，在極度的沉靜之中，汽車喇叭聲聽來驚心動魄。

鐵門前有兩個人出現，他們齊聲叫道：「天，波金先生，是你來了！」

他們急急忙忙地將門打開，波金將車子駛進去，到了石階之前停下，這時候，已可以聽得樓上的窗子推開聲，和駱致遜的聲音問：「波金先生，有什麼事？夜已如此深了。」

波金吸了一口氣：「有事，你的麻煩來了，駱先生！」

我一怔，立時低聲道：「你別胡言亂語。」

波金停了片刻，才又道：「我帶了一個朋友來看你，你下來！」

駱致遜像是猶豫了一下，但是他立即道：「好！」

波金雙手鬆開了駕駛盤：「我可以下車了麼？」

我忽然之間，有了這樣一個感覺：到了這裏之後，波金似乎不再怕我了！

那是為什麼？為什麼波金忽然會大膽放肆起來了？

我立即向我手中的槍看了一眼，那是有子彈的，我在一拾起槍來的時候便已經檢查過，確是有子彈的，但波金的態度既然有異，我自然也要加倍小心才好。

我道：「我先下車，你接着出來。」

波金笑了起來：「好，隨你怎麼樣。」

我打開了車門，跨出了車子，就在這時，別墅樓下，燈光亮了起來，有人打開了門，而波金也從車中，側身走了出來。

我立即踏前一步，仍然用槍指住了他的身後。

波金並不轉身，只是叫道：「駱先生！」

別墅的門打開，駱致遜夫婦一齊出現門口，波金用大姆指向我指了一指：「是什麼人來找你了，你看到了沒有？」

他的話說得十分輕鬆，就像我是多年不見的老朋友一樣。

駱致遜自然也立即看清，在波金背後的是什麼人了，他和他的妻子，起先是一呆，但是隨即笑了起來：「真是人生何處不相逢！」

他們這種樣子，實在叫我的心中，疑惑到了極點！

駱致遜見了我之後，竟然沒有一點吃驚的樣子，這實在是不可思議的怪事！照說，我這時完全佔着上風，可是，我卻像是完全不能控制局面一樣，他們對我，全無忌憚，這究竟是為了什麼原因？

我面色一沉：「駱致遜，這次，我看你再也走不脫的了。」

駱致遜攤了攤手：「笑話，我何必走？」

在那一剎間，我的腦中，突然起了一個十分怪誕的念頭：我竟然想到，眼前這個人，不是駱致遜！

第七部

從開始就跌進了陷阱

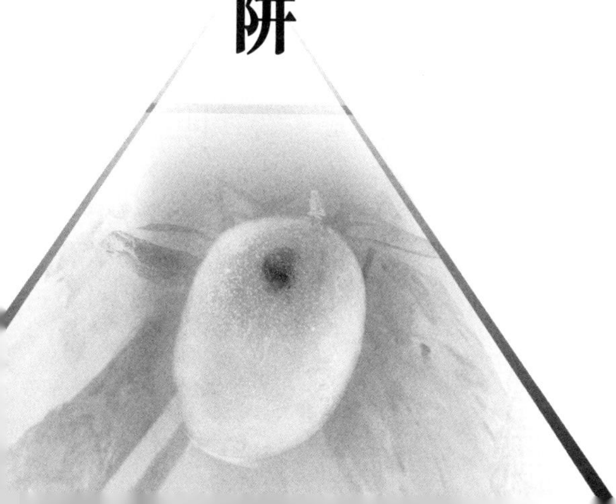

然而，那人不是駱致遜，又是什麼人？

但如果說他是駱致遜的話，那麼，他的神態何以和我所熟知的駱致遜全然不同呢？

我用槍在波金的背後，指了一指：「進去，我們進去再說！」

波金搖搖擺擺地走了進去，看他向內走去的情形，更不像是有人在他身後用槍指着的樣子，而波金實在並不是一個膽大的人，他那種膽小如鼠的樣子，我是早已領教過的了！

進了大廳之後，波金，駱致遜兩人都笑着，不等我吩咐，就在沙發上坐了下來，他們望着我，就像是看着一個可笑的小丑一樣。

只有柏秀瓊，她雖然也沒有什麼緊張的神態，但是她卻也沒有笑。

我仍是不明白究竟是怎麼一回事，我揚了一揚手中的槍，我道：「我們——」

我只講了兩個字，駱致遜已笑了起來：「放下你手中的槍，我們可以好好地談談。」

我冷冷地道：「我認為要和你這樣的人好好談談，必須手中有槍才行。」

駱致遜像是無可奈何地歎了一口氣，雙掌互擊了一下，只見一個土人模樣的人，手中托着一隻盤子，向前走了過來。

那土人是走向駱致遜而去的，而在他手中所托的那隻盤子中，所放的竟赫然是一柄手槍！

這實是太駭人了，在我的手槍指嚇下，駱致遜竟公然召來僕人，送他一柄手槍，他如果不是白癡，那還能算是什麼？

我覺得忍無可忍，我立即扳動了槍扣，「砰」地一聲響，我的一槍，將那土人手中的盤子，直射得向上飛了出去，盤子中的槍，當然也落了下來。

駱致遜又笑了起來：「別緊張，衛先生，你首先得知道，在這裏，槍是沒有用的。」

我冷笑道：「我看也相當有用。」

駱致遜站了起來，挺起了胸，道：「好，你認為有用，那麼，你向我開槍吧，開啊！」

他那種肆無忌憚的挑釁，當真將我激怒了，我厲聲道：「你以為我不會開槍麼？」

「絕沒有這個意思，我希望你開槍！」

我實是非開槍不可了，那可以不將他射死，但是必須將他射傷，要不然，我就沒有法子繼續控制局面了，我揚起了手槍，又扳動了槍扣。

子彈射進了駱致遜的肩頭，又穿了出來，駱致遜的身子，搖晃了一下，他的面上仍帶着笑容。

我睜大了眼睛望着他，我對我的槍法是有信心的，而那一槍，的確是射中了他的肩頭的，而且子彈也穿了出來，但是，他卻只是微笑地站着！而且，他的肩頭上，也絕沒有鮮血流出來！

我吸了一口氣，駱致遜用力一扯，將他肩頭上的衣服，撕破了一塊。

我看到他肩頭中了槍的部分了，在他的肩頭上，有一個深溜溜的洞，但是沒有血流出來，而且，這個洞，正在迅速地被新的肌肉所填補，大約只不過三分鐘左右，已經什麼痕迹也不留下了！

他向我笑了笑：「手槍是沒有用的，我想你應該相信了。」

我望着柏秀瓊，又望着波金，駱致遜道：「不必望了，這裏所有的人，都是一樣的，我們全都服食過不死藥，兄弟，不死藥！」

我心頭猛地一震，我心頭之所以震動，倒還不是為了不死藥，而是他講的話，我失聲道：「你不是駱致遜？」他點一點頭道：「其實，你早應該知道這一點的了。」

我當真幾乎昏了過去，我立即又望向柏秀瓊，叫道：「駱太太！」

她冷冷地道：「這件事，我看是我私人的事，沒有必要和你解釋的。」

我像是一隻洩了氣的皮球一樣，頹然地在沙發上，坐了下來，我又失敗了！

不但又失敗了，而且敗得比前兩次更慘！

波金和駱致遜——不，他其實是駱致謙，而不是駱致遜。他們又笑了起來。我強自提高精神，道：「駱致謙，你謀殺你的兄長？」

我的質問，並沒有使我的處境好些，我只是得到一陣放肆的縱笑。

但是，我卻至少也肯定了一點，那便是，我設計將之從死囚室中救出來的那個人，我一直將他當作是駱致遜，世上所有的人也都將他當作是駱致遜，但實際上，他卻不是，他不是駱致遜，是駱致謙！

這件謀殺案，也不是駱致遜謀殺了他的弟弟，而是駱致謙謀殺了他的哥哥！

在懸崖上跌下去，屍骨無存的，是可憐的好人駱致遜，他費了近二十年功夫，在南太平洋的荒島之中，找到了一個窮兇極惡的兇手！一個兇手！

然而，我明白了這一點，並不等於我心頭的疑惑已迎刃而解了，相反地，我心中的疑團更多了！

一個又一個疑團糾纏着，使我看不見一絲光明，我對於事實的真相，仍然一無所知！

我的心中亂成一片，這時，我心中的大疑問，可以歸納為以下幾點：

（一）駱致遜要殺害他的弟弟，是找不出理由的，但是甫從荒島歸來的駱致謙，為什麼又要殺死駱致遜呢？（二）案發之後，人人都以為死者是駱致謙，這雖然可以說是由於他們兄弟兩人十分相似的緣故，但是何以駱致遜的妻子柏秀瓊，也分不出呢？柏秀瓊當然是故意造成這種混亂的，為什麼她要這樣做？

（三）「不死藥」又是怎麼一回事，何以我一槍射中了駱致謙，而他的傷口，非但沒有血流出來，反倒能迅速而神奇地癒合，這種超自然的現象，又是在什麼東西的刺激下發生的？

這三個大疑點之下，又有無數的小疑點，是以我實在亂得一點話也講不出來。

呆了許久，我才講了一句連我自己聽來，也覺得十分可笑的話，我道：「你是一個外星人？」駱致謙反倒呆了一呆，他接着呵呵大笑了起來：「看你想到什麼地方去了！我當然是地球人，好了，你已經發現了我的秘密，你是必須被處死的，我看你也不必多問了！」

一聽得駱致謙講出了這樣的話，我不禁陡地跳了起來，可是，駱致謙又怪笑了起來：「我們全是不會死的人，你準備怎樣逃生？」

我大聲叫道：「胡說，世界上沒有一種生物，是不會死的！」駱致謙陰笑道：「可惜，你沒有什麼機會去證明你這句大錯而特錯的話了。若是你有機會的話，你可以將這裏的幾個土人中的一個，使他們的骨骼接受放射性測驗，那你就可以發現，他們每一個人，都至少有一千歲以上了，而且，他們還將繼續活下去！」

波金滿面肥肉抖動，也笑了起來：「有一個最簡單的事，如果照你所說，人不能超過二百歲，為什麼有那麼多人，對着一個人高叫萬壽無疆，而且叫得那樣聲嘶力竭呢？」

我盡量使自己心情平定，不衝動：「喜歡人家高叫萬壽無疆的，全是神經錯亂的瘋子！」

駱致謙轉過頭，問波金道：「看來很難使他相信這一切了，我們的計劃，當然不會因他而破壞，我看我們可以下手了。」

波金的臉上，甚至仍帶着微笑：「好，你下手吧，他曾令我吃了不少苦頭，我自然不會憐憫他的。」

我連忙伸手指向柏秀瓊，厲聲道：「你呢？柏女士？你自事情一開始之後，便知道誰是死者，誰是生存下來的兇手，是不是？你竟將殺死你丈夫的兇手當丈夫？」

柏秀瓊冷冷地道：「我可以成為世界上最有錢的女人，丈夫已經死了，還能復生麼？」

我不由自主要揚起手來，重重地擊着我自己的額角。現在我明白了，從事情一開始起，我便跌入了駱致謙和柏秀瓊兩人安排的陷阱之中，一直到現在，我是愈來愈深陷進去了！

我緊緊地握着拳，一步一步地向駱致謙逼過去，我縱使不能殺死他，但是我也要好好地打他一頓。

可是，在我還未曾走到他的身前之際，他作了一個十分奇怪的舉動，他一翻手，拔出了一柄十分鋒利的匕首來，握在手中。

一見他握了匕首在手，我便不禁停了一停。

可是，他拔了匕首在手，卻不是向我刺來，而是向他自己手臂刺去的！一點也不錯，「波」地一聲，匕首刺進了他自己的手臂，刺進去很深。

他卻仍然搖着手臂：「必須告訴你，我們是連痛的感覺也消失了的！」

我目瞪口呆地站着，我緊緊握着的拳頭，也不由自主地鬆了開來。

我本是準備打他一頓的，但是一個連匕首刺進手臂都絕不覺得疼痛的人，會怕拳頭麼？

我看到駱致謙拔出了匕首，並沒有鮮血流出，傷口又迅速地癒合，我的聲音聽來不像是我自己所發出來的一樣，我問道：「這……究竟是怎麼一回事？你們獲得了什麼？」

駱致謙桀桀地笑了起來：「告訴過你了，不死藥！」

我喃喃地重複着：「不死藥？」

駱致謙道：「是的，如果你不明白的話，那麼，你可以稱之為超級抗衰老素。」

我仍然不明白，而且，這時候我發現，駱致謙十分好炫耀，如果我一直裝着不明白，那麼他是一定會將事情原原本本講給我聽。

那樣，對我並沒有多大的好處，但是我至少可以拖延一些時間了。

而且，我也至少可以知道整個事情的真相了。

我決定這樣做，所以我攤了攤手：「我仍然不明白，真的不明白。」

駱致謙道：「我可以解釋給你聽。」

柏秀瓊卻立即道：「他是在拖延時間，你看不出這一點來麼？」

駱致謙道：「當然知道，但是我們怕什麼？這裏三公里之內沒有一個人，他就算拖上三天，也只不過是多活三天而已！」

駱致謙的話，令得我的心中，又感到了一股寒意，我甚至是沒有可能拖上三天的，但是我自有我的主意，拖上三個鐘頭，也是好的。

駱致謙道：「你想明白我的全部秘密，必須從頭聽起，你有這耐心麼？」

我道：「當然有，我的目的是在拖延時間，你講得愈是詳細愈好。」

駱致謙笑道：「我可以滿足你這個最後願望的，我那一次失蹤，是由於我的快艇，被岸上的炮火擊中而發生的，彈片陷進了我的肩頭，在匆忙之中，我抱住了一塊木板，在海上飄流。

「由於肩頭的傷勢十分重，我在海上飄流之後不久，便失去了知覺，而當我再醒來的時候，我在一隻獨木舟上面。」

「在獨木舟中的，是他們三個人！」

駱致謙講到了這裏，伸手向侍立在側的三個土人指了一指，那三個土人，我本來只當他們是波金的僕人，卻是未曾想到他們和駱致謙是早已相識的。

駱致謙繼續講下去：「獨木舟在海上飄流，我不以為我有生還的機會，他們三人中的一人，拿起一個竹筒，示意我張開口，我看到竹筒中所盛的是一種白色的液汁，我當時也不知道那是什麼，我張大了口，喝了兩口那種白色的液汁，苦而難以下嚥的一種液汁，我幾乎想將之吐出來！

「然而，當我喝下了這兩口液汁之後，只不過一分鐘，奇蹟就來了：疼痛之感消失，肩頭上的傷口，也迅速地癒合。而且，嵌在肌肉中的彈片，也像是被一種神秘的力量所推湧一樣，自己跌了出來，我相信世上沒有一個外科醫生，能在這樣短的時間之內，令得一個傷者得到這樣好的待遇了。

「從那一剎間起，我知道我可以獲救了，而且，我立即想到，這種奶白色的液汁，一定是土人的神奇傷藥，如果我能夠知道它的製造方法，或是大量地得到它，那麼，我將成為世界上最富有的人，這還成為疑問麼？」

我冷冷地應了他一句：「這證明你是一個本性極其貪婪的人！」

他並不動氣，只是笑了笑：「你可以這樣說，事實上，誰的本性不貪婪呢？我躺在獨木舟上，我到了一個小島上。那是一個真正的小島，可以說完全與世隔絕的，它不會有三英畝大，島上全是石頭，而從石頭的縫中，生長着一種奇異的植物。

「這種植物的莖，有點像竹子，但是它卻結一種極大的果實，這種果實在成熟之後，用力搾它的皮，便會流出乳色的液汁來，就是在獨木舟上，土人給我喝的那種東西，而當我在這荒島中住下來之後，我也每日飲用這種液汁。」

駱致謙停了一會，又道：「漸漸地，我發現了一項十分奇妙的事情，這個島上約有一百名居民，他們之中，沒有小孩，也沒有老人，他們經常出海捕魚，無論怎樣驚濤駭浪，他們都可以安然歸來，終於，我明白了一點：他們是不會死的！他們的島上，那種果實中擠出來的液汁，是『不死之藥』，是超級的抗衰老藥素，是功效無可比擬的人體組織復原劑！」

「我竟然發現了永生的人！而我自己，當然也是永生的人了！」

駱致謙講到這裏，略停了一停，他的臉色十分紅，可見他的心中，極其興奮。

他望着我，又道：「你知道衰老素是怎麼一回事麼？所有的生物，在新陳代謝的時候，都自然而然地產生衰老素和抗衰老素，抗衰老素遏制着衰老的生長和擴展，一個生物的生命史，可以說是衰老素和抗衰老素的鬥爭史。如果人體內，抗衰老素消失，那麼，一個十二歲的小童，就和一個八十歲的老翁沒有分別，這種例子醫學上屢見不鮮。同時，如果抗衰老素的力量不斷得到補充，衰老素的生長，完全受到遏制，那麼，人便可以長生不老！」

駱致謙一口氣講到這裏，才揚了揚手：「我找到了長生不老的方法！」

聽到了這裏，我也不禁發怔。

駱致謙的話聽來不像是假的，世上真正有長生不老的「不死藥」！這實在令人難以相信。眼下我只能再聽駱致謙講下去，而沒有法子提出什麼疑問來，所以我並不出聲。

駱致謙又道：「在我發現了這一點之後，我便盡我所能地搜集這種白色的汁液，當我搜集到了一大桶，而且又製成一隻極大的獨木舟之際，已經是四年過去了，我全然不知戰事已經結束，所以我還不敢出去，但是我知道，我只要回到文明世界之中，我只消一小瓶一小瓶地出售這些汁液，我就可以成為大富翁，我終於划着獨木舟出了海，我在出海的二十天，遇到了波金。

「波金那時已經是相當成功的商人，他的遊艇在海中疾駛，撞翻了我的獨木舟，令得那一桶寶貴的不死藥，也全落進了海中，但是波金卻救起了我，使我又回到了文明世界之中，是不是，波金？」

大胖子波金點了點頭。

駱致謙又道：「我將我自己的遭遇講給他聽，可是他卻笑我是個瘋子，他說他自己對南太平洋的各島，瞭若指掌，但從來也未曾聽說過有這樣的一個小島，我也懶得與他爭辯，我和他一起到了帝汶島，他要將我送回到美國的軍事機構去，但是我卻逃走了，我是偷了他的一艘遊艇逃走的，我要回到那島上去！」

事情總算漸漸有點眉目了，我仍然一聲不響，但心中同時在想：我怎麼辦呢？

駱致謙揮着手，續道：「當我再要去尋找這個小島的時候，這個小島，像是在海中消失了一樣，我憑着記憶的方向駛去，只看到一片茫茫的海洋，我用盡了燃料，當遊艇在海上飄流的時候，再度遇到了波金先生，他使我成為他集團中的一員。」

我問道：「什麼集團？」

波金奸笑着：「不怕告訴你，是走私集團。」

我並不感到什麼驚奇，這是我早就料到了的，在這樣的一個殖民地上，波金有着那樣煊赫的財勢，他的財富，當然九成九不會是循正途來的。

是以我只冷笑一聲：「很好啊，你們兩人可以說是臭味相投了。」

波金和駱致謙兩人，並沒有理會我的嘲笑，他們反倒還有點洋洋得意的樣子。

駱致謙續道：「可是，在若干年之後，我終於發現那個小島了，要到達那個小島，必須先經過一個風浪極其險惡，虎鯊、長鋸鯊、劍鯊成群出現的環形地帶，那是航海人士視若畏途的地方，然而，這種惡風浪，在每一年中，卻有幾小時是平靜的，當我上次飄流出來的時候，恰好是風浪平靜的時候。」

我又冷冷地道：「你運氣倒不錯！」

駱致謙無恥地笑着：「我的運氣一直很好，我的好運氣只是剛開始，我將成為世界上所有人的偶像，我將成為絕對第一的富翁，因為我掌握了長生不老的秘訣。我只要坐在家中，銀錢便會像潮水一樣滾進來！」

我呆住了不出聲，正如駱致謙所說那樣，只要他們坐在家中，金錢便會像潮水般湧來了。世上誰不喜歡長命？尤其是有財有勢的人，更想自己可以永遠活下去。但可惜死亡十分公平，它不但降臨在窮苦人的身上，也一樣會降臨在富豪的身上，這是一切人都無可奈何的事情。

但是，如今，駱致謙和波金兩人，居然能夠打破了這種情形，全世界的豪富，即使要以他們的一半財富，來換取生命的延續，他們也是願意的！

固然，這種超自然的抗衰老素，這種不死藥聽來十分怪誕，而且，駱致謙和波金兩人，也絕不是什麼正人君子，他們惹人討厭，使人噁心，但是平心而言，他們的這種生意，卻並沒有什麼不正當。

他們在一個小島中發現了這種不死藥，將之賣出去，不論訂的價格多高，這可以說是一件公平交易。

但是，他們為什麼要將這當作一件秘密，甚至在一被我發現之後，就將我處死呢？

這是我心中產生的一個新疑團。

我想了一想，問道：「這是一樁公開的生意，你們為什麼要殺我滅口？」

波金，駱致謙和柏秀瓊三人，互望了一眼，他們的臉上，全都出現了一種狡獪的笑容來，但是三人中卻沒有一個人出聲。

我立即知道了，關於「不死藥」，一定還有一個極度的秘密。這個高度的有關「不死藥」的秘密，便是他們必須要我滅口的原因。

然則，那秘密是什麼呢？

我苦苦思索的樣子，一定引起了他們的注意，駱致謙笑了起來：「你不必想了，你想不出來的，朋友，你的時間已到了！」

他一面說，一面發出了一個十分可怕的獰笑。

我連忙搖手：「慢着，你還未曾講到你的哥哥費盡心機找你回來，你為什麼要將他殺死？」

駱致謙的兩道濃眉，「刷」地揚了起來，他的臉上也現出了十分憤怒的神情。

然而他才一張口，柏秀瓊便道：「別說，為什麼要讓他知道那麼多？」

我連忙向柏秀瓊望去，她轉過了頭，不敢和我的目光接觸。於是，我又明白了，在她、駱致遜、駱致謙三人之間，也一定有着不可告人的秘密糾葛在！

駱致謙已走了過來，他雙掌互擊，一個土人又托着盤子，走了過來。在盤子上放着的，是一柄雪也似亮，鋒利之極的彎刀，有點像鐮刀，他一伸手，將刀握在手中，面上也現出十分殘酷的微笑來。

我連忙又搖手：「慢，我還有一個問題，你是必須回答我的。」

駱致謙「哈哈」笑了起來：「可以，死前最後一個問題，當然可以的。」

事實上，我這個問題雖是非問不可的，但是我在如今這樣情形之下提出來，我卻是另有作用的。

我一見他拍手召來土人，而取了那柄彎刀在手的時候，我心中不禁有了一線希望。因為他若是用手槍來對付我的話，我絕無生路。然而，他為了表現他自己超人的力量，竟想用力將我生生砍死！

他那樣做，其實十分愚蠢，一個自以為掌握了絕對的權力，或自以為佔了絕對的優勢的人，往往會做出一些十分愚蠢的事。

他用刀來對付我，這無異是給我以逃生的機會！

當然，他在長期服食「不死藥」之後，連手槍子彈穿過他的身子都不怕，當然更不怕我會將他弄傷，但問題不在於這裏，而是在於如果他用槍的話，我連躲避的機會也沒有，而他用刀，我卻有機會！

這時，我向前走出了兩步，來到了一張沙發之前，我的手按在沙發背上，才道：「你既然是不會死的人，那麼，你為什麼怕上電椅？」

駱致謙斜眼望着我，奸笑道：「你以為是什麼理由？你是在找我的弱點？以為電流是我的弱點，可以置我於死地的麼？」

我怒道：「可是，你卻用了一個卑鄙的謊言，使我將你從死囚室中走了出來。」

「對的，我是不死之人，電椅當然殺不死我，但是，當他們發現殺不死我之後，他們會怎樣？」

我沒有回答，事實上，世界上還從來沒有發生這樣的事情過，世上可有電椅殺不死的人？當然沒有。既然沒有這樣的人，我怎能知道如果坐電椅不死的人，將會受到什麼樣的處罰？

駱致謙又道：「他們會改判我無期徒刑，這是名義上的判處，事實上，我將變成試驗品，他們說不定會將我一點一點的割開來，來研究我為何不死的原因，這就是我為什麼要你帶我逃出來。」

我指了指他手中雪亮的彎刀：「嗯，這就是你報答我的東西，是不是？」

駱致謙獰笑道：「這是你咎由自取，如果你不是那樣多事，當我發了財後，你一定也會有好處，我的財富之多，將使我可以建立我自己的王國，或是收買一些人來從事政變，而我自己做太上皇，到那時，你只要來到我的勢力範圍之中，就可以不必怕有人追捕了！」

我雙手攤了攤：「可惜我不識趣，我不甘心受騙，所以才有如此的結果，是不是？」

駱致謙揚首：「是！」

他一步一步地向我逼了過來，我站着不動，心中十分緊張。

我已經打量過了形勢，我只要能夠在波金、柏秀瓊或駱致謙未曾拔出手槍來向我射擊之前，滾翻出的話，我可以撞開大門，出這大廳。

而只要一出大廳的話，四面八方，全是黑漆漆的山巒和樹木，我的敵人將不再是這三個不死之人，而是毒蛇猛獸！

我能不能撞門而逃呢？

駱致謙又向前逼近了一步，我的兩隻手，同時按到了沙發背上。

駱致謙再向前走近一步，我已可以感到他手中那鋒利的彎刀上的閃光，已經刺痛我的眼睛了，我才陡地雙臂向前一伸，將那張沙發，向前推了出去！

那張沙發的四隻腳，是四個圓輪，這種設計的沙發，本來是供坐的人可以隨意舒適移動的，但這時卻幫了我的大忙！

由於沙發的四隻腳是圓輪，所以當我用力一推之際，沙發以極高的速度，和相當大的力量，向前撞了過去，正好撞在駱致謙身上！

而在我一將沙發推出之後，我也不及去觀察結果怎樣，我的身子立時向後，反彈了起來，一個倒翻筋斗，翻了出去！

這時候，我又得感謝我歷年來勤練不輟的中國武術了，我在剎那之間倒翻而出，這一翻，至多只不過一秒多一點的時間而已。但是這一翻，卻使我翻到了門邊。

我用力撞開了門，來到了穿堂上，我衝向前，再撞開了大門。

也就在這時，「颼颼」兩聲響，有兩枝標槍，向我飛了過來。我的身子連忙伏在地上，那兩枝標槍，幾乎是貼着我的脊樑飛過去的，射在前面的門口。

我一躍而起，向外跳去，順手將兩桿標槍，拔了下來，一則可以當作武器，二則，我估計我自己要在深山中生活相當時日，沒有一點武器，也是不行的。

等我衝出了大門之後，我知道，我安全了！

我向最黑的地方奔去，然後，伏了下來不動。

第八部

隱蔽的世外桃源

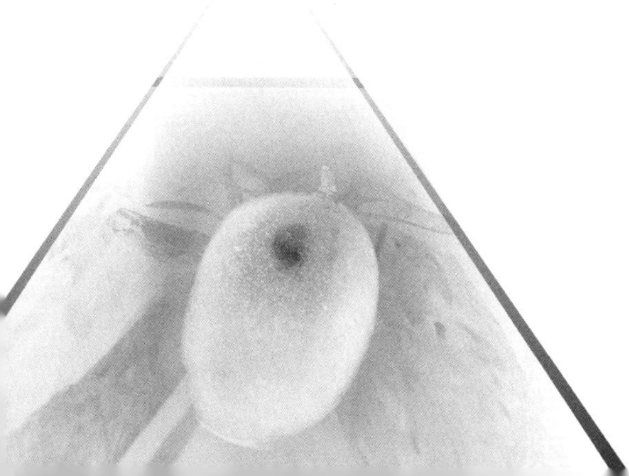

我立即聽到駱致謙和波金的咒罵聲自屋中傳了出來，接着，便是一下接一下，四面亂射的槍聲，而我，只是伏着不動。

波金和駱致謙兩人，只是漫無目的地亂射，子彈沒有長眼睛，當然是不會飛到我的身上來的。

我聽得波金狠狠地道：「我回去將狼狗隊帶來，我們展開全島搜索。」駱致謙道：「是，你快去，要不然，我們的計劃會遭到破壞！」

直到這時為止，我仍然不明白，何以他們非將我除去不可，何以他們一口咬定我會破壞他們的計劃。因為即使我將我所遇到的一切，全部如實地向全世界公布，那等於是在為他們的抗衰老素做廣告，使人家更容易相信不死藥的長命功效。

可是，他們卻非將我除去不可！

不死藥還有什麼不可告人的秘密呢？

這時候，我想不出來，事實上，我也沒有心思去仔細想，因為目前的當務之急，便是先逃出去，我必須找到一條小溪或河流，然後來回涉水好幾次，才能避開狼狗的追蹤。

我悄悄地向後退去，當我認為暫時已安全的時候，我向前奔去，又滾下了一個山坡，然後站起來，繼續向前走着，直到我來到了一道山澗之前。

那道山澗的水十分深，幾及我的頸際，我游了過去，又游了回來，在岸上跳幾下，再游了過去，來回了五六次，才爬上了對岸，向前再奔了出去。

直到我再也奔不動，我就走，等到我連走也走不動時，我就將手中的兩桿標槍當拐杖，撐着向前走去，直到我的身子，自動倒下來為止。

我倒在地上，仍然滾了幾滾，滾到了一塊大石之後，我才喘起氣來。

天漸漸亮了，我開始能夠看清我所在的地方。

我是躺在一個山谷之中，四面全是高山，樹木和許多不知名的熱帶植物在我的四周。我向我的來路看去，已沒有痕迹可尋。

而到這時候，我還未曾聽到狗吠聲，那麼，狼狗隊一定未曾發現我的行蹤了。

那也就是說，我安全了。

我用鋒利的標槍頭，割下兩大張如同芋葉也似的葉子來，那兩張葉子，已可以將我的全身，盡皆蓋住，我就在大葉子之下，閉上了眼睛。

我太疲倦了，我需要休息，即使我不想睡，我也應該休息了。

我當然睡不着，因為我的心中，實在亂得可以。

我怎麼辦呢？我幾乎已經得到了波金和駱致謙的一切秘密，我是不是應該設法回到有人的地方，通知警方，說駱致謙是一個逃犯呢？但是我隨即否定了這個想法。

因為這是沒有用的，波金在這裏的勢力十分大，他可以庇護駱致謙，而且，他看來不像是一個有良心的人，說不定除去駱致謙，他心中更為高興。

那麼，我應該怎麼辦呢？

我自己編一隻木筏離去麼？

這種念頭，實在是太可笑了，如今我所能做，只是如何不在山中被野獸吞食，不被波金和駱致謙找到，不餓死，簡言之，我要活下去！

只有活着，才能做事！

我一直躺到中午，才朦朧睡去，只睡了一會，我又醒了過來。

我繼續向前走去，一路上，採擷着看來是可以進食的果子，嚼吃着它們。

我一直向前走着，我希望見到海，來到了海邊，我可能多一點生路。

可是一直到天黑，我還是未見到海。

等到天色完全黑下來之後，我實在已經疲乏不堪了，由於我在最後的幾里路中，發現了許多毒蛇，所以天黑了我也不敢睡覺，只是支撐着向前慢慢行走，至多在乾淨的石上坐上一會，但是卻保持着清醒。

一直到午夜時分，四面一片漆黑，我倚着一株樹，眼皮有千斤重，實在難以支持得下去了。

可是也就在此際，我看到前面的樹叢中，突然有火光，閃了一閃。

那一下閃光，使得我心頭陡地一震，我連忙緊貼着樹，一動也不動，同時，我揚起了手中的標槍，我看出那是一個火把。

火把是不會自己來到這裏的，當然是有人持着，那麼，是不是波金和駱致謙的搜索隊呢？

如果是搜索隊的話，我可糟糕了。

我定睛向前望着，火光在時隱時現，但並沒有移近來，而且也沒有什麼特殊的聲音發出來，這使得我漸漸地放下了心來。

因為若是搜索隊前來的話，那麼一定會出聲，而絕不會靜悄悄的，不是搜索隊，那麼又是什麼人呢？難道是和我一樣的逃亡者？

一想到這一點，我不禁苦笑了起來，因為這裏是囚禁着許多重刑犯人的，有一兩個逃出來，自然也不是值得奇怪的事。而我之所以苦笑，是因為如果前面的人真是逃犯的話，那麼我就真的要與盜賊為伍了！

我定了定神，慢慢地向前，走了過去。

我的行動十分小心，從那個火把仍然停在原來的地方這一點看來，我的行動，顯然還未曾被手執火把的人所發覺，我一直來到了離火光只有七八步處，才停了下來，向前看去。

果然是有人持着火把，但只是一個人。

那個人身形矮小，膚色棕黑，頭殼十分大，頭髮濃密而鬈曲，除了腰際圍着一塊布之外，什麼也沒有穿，在他的腰際，則繫着一個竹筒，那是一個土人！

這土人正蹲在地上，一手持着火把，一手正在地上用力地挖着。地上已被他的手挖出了一個小小的土坑，可是他還在挖。

這土人的樣子，和我在波金家中，和波金的別墅中見到過的土人差不多，正由於我感到了這一點，所以我未曾立即出聲。

我的猜想如果不錯，那麼這個土人，自然也是活了不知多少年，因為有那種超級抗衰老素在維持他的生命的。

我自然不想出聲，因為他極可能和波金、駱致謙是一丘之貉。

我靜靜地望着他，實在不知道他是在作什麼，而他則一直在挖着，挖得如此之起勁，過了片刻，只聽得地下發出了一陣吱吱聲來，那土人陡地直起了身子。

直到這時，我才知道那土人是在幹什麼，因為他的手中，這時正提着一隻肥大的田鼠！而接下來的事情，更令人作嘔，只見他用一柄十分鈍的小刀，在田鼠的頸項，用力地戳着。

小刀子鈍，戳不進去，田鼠扭屈着怪叫，終於，田鼠死了，而那土人硬扯下皮來，將田鼠放在火把上燒烤着，不等烤熟，便嚼吃了起來。

等到那土人開始嚼吃田鼠的時候，我知道他定然不是波金的一伙了。

他若是波金的一伙的話，肚子再餓，也可以等到回到那別墅之後再說的，又何至於在這裏近乎生吞活剝地吃一頭田鼠？我確定了這一點，決定現身出來，我向前踏出了一步。

我的左腳先邁出去，正好踏在一根枯枝之上，發出了「拍」地一聲響。那一下聲響，使得那土人整個人都跳了起來，立時以他手中的小刀對準我。

我不知他究竟是兇惡的還是善良的，是以也立即以手中的標槍對準了他。

我們兩人對峙着，過了足有兩分鐘之久。

在這兩分鐘中，我一直使我的臉上保持笑容，那幾乎使我臉上的肌肉僵硬了。

終於，那土人臉上疑懼的神色也漸漸斂去，他居然向我也笑了一笑。

當一個文明人向你笑的時候，你或者要加意提防，但是當一個土人向你笑的時候，那你就可以真正地放心了。於是，我先垂下了標槍。

那土人也放下了小刀，將手中半生不熟的田鼠向我推了一推，我自然敬謝不敏。我在他又開始嚼吃的時候，試圖向他交談。

可是我用了好幾種南太平洋各島嶼中，相當多土人所講的語言，他都表示聽不懂。然而，他對我手中的標槍，卻十分有興趣。他指着標槍，不斷地重複着，道：「漢同架」、「漢同架」。

我也不知道「漢同架」是什麼意思，我盡量向他做着手勢，表示我想到海邊去。

至少花了一小時，再加上我在地上畫着圖，我才使他明白這一點。而他也花了不少的時間，使我明白了，原來他也是想到海邊去的。

我發現大家畫簡單的圖畫，再加上手勢，那是我們之間最好的交談方式。在以後的一小時中，我又知道了他是從那所別墅中逃出來的。

因為他在地上畫了一幢房子，這土人很有美術天才，那座有着特殊的尖頂的屋子，一看就知道是波金的那別墅。而他又畫了一個小人，從別墅中出來。

然後，他指了指那小人，又指了指自己的鼻尖。我便在那個小人之旁，也畫了一個小人，手中提着兩支標槍，然後也指了指那小人，又指了指自己的鼻尖，告訴他，我也是從這別墅中逃出來的。

他以一種十分奇怪的眼光望着我，那顯然是在問我為什麼逃出來。

我沒有法子回答他，那麼複雜的事，我自然無法用圖畫來表達。

他拍了拍腰際的竹筒，又以那種懷疑的目光望着我。我不知道那竹筒中有什麼乾坤，也以懷疑的眼光望着他，他遲疑了一下，打開了竹筒來。

我向竹筒內一看，只見竹筒內盛的，是一種乳白色的液汁，那種液汁，發出一種強烈的、十分難以形容的怪味來，我只看了一眼，那土人連忙又將竹筒塞住，顯見得他對這筒內的東西，十分重視。我的心中陡地一動，我立即想起了駱致謙所說的一切，那竹筒中乳白色的液汁，是「不死藥」！

我望着那土人，那土人將竹筒放到口邊，作飲喝狀，然後又搖了搖手，向那尖頂屋指了指，再攤了攤手，然後，雙眼向上一翻，木頭人似地站了一會，這才又指了指那在奔逃的小人。

我明白，他是在向我解釋，他為什麼要逃亡的原因。可是我卻難以明白他這一連串的手勢，是代表了一些什麼語言，他先飲不死藥，後來又指了指波金的別墅，搖了搖手，這大約是表示波金不給「不死藥」他飲。那麼，他雙眼向上翻，木頭人也似一動也不動，那又是什麼意思呢？

我一再問他，他也一再重複着做那幾個動作，可是我始終沒有法子弄得懂，我只得先放棄了這個問題，我邀他一齊到海邊去，他表示高興，然後，他又在地上畫了一個小島，向那小島指了指，道：「漢同架！」

我總算明白了，「漢同架」是那個島的名稱，他是在邀我一齊到那個島上去！

我心中一動，他是那個島上的人，對於航海自然是富有經驗的了，我要離開這裏，他應該是最好的嚮導，我們可以一齊出海。

而且，「漢同架」島乃是「不死藥」的原產地，我實是有必要去察看一下的，也許到了那個島上，我就可以知道「不死藥」的秘密了。

所以，我連忙點頭答應。

在那一晚中，我們又藉着圖畫而交談了許多意見，第二天，我們一齊向前走去，我知道，在一個島上，要尋找海邊，只要認定了一個方向，總是走得到的，就用這個方法，我和那土人一齊來到了海邊。

海灘上的沙白得如同麵粉，而各種美麗的貝殼，雜陳在沙灘上，最小的比手指還小，最大的，幾乎可以做那土人的牀。

我們在沙灘上躺了一會，又開始計劃起來。

我們花了三天的時間，砍下了十來株樹，用籐編成了一隻木筏，又箍了幾個木桶，裝滿了山澗水，我又採了不少果子，和捕捉了十幾隻極大的蟹，將之繫在木筏上，那十幾隻蟹，足夠我們兩人吃一個月的了。

然後，我們將木筏推出了海，趁着退潮，木筏便向南飄了出去。

木筏在海上飄着，一天又一天，足足過了七天。

像這樣在海上飄流，要飄到一個島上去，那幾乎是沒有可能的，可是，那土人卻十分樂觀，每當月亮升起之際，他便禁不住要高聲歡呼。

到了第七天的晚上，他不斷地從海中撈起海藻來，而且，還品嚐着海水，這是他們認識所在地的辦法，然後，拿起了一隻極大的法螺，用力地吹着。

那法螺發出單調的嗚嗚聲，他足足吹了大半夜，吹得我頭昏腦脹，然後，我聽到遠處，也有那種嗚嗚聲傳了過來。

我不禁為他那種神奇的呼救方式弄得歡呼起來，遠處傳來的嗚嗚聲愈來愈近，不一會，我已看到幾艘獨木舟，在向前划來。

這時，正是朝陽初升時分，那幾艘獨木舟來得十分快，轉眼間已到了近前。

獨木舟一共是三艘，每一艘上，有着三個土人，他們的模樣神情，和我的朋友一樣。

我的朋友——在經過了近半個月的相識之後，我完全可以這樣稱呼他了——叫了起來，講着話，發音快得如同連珠炮。

獨木舟上的土人也以同樣的聲音回答着他，我們一齊上了獨木舟，一個土人立時捧起了一個大竹筒，打開了塞子，送到了我的面前。

那竹筒中所盛的，正是乳白色的不死藥！

在這半個月中，我每天都看到我的朋友在飲用不死藥，他十分小心地每次飲上一兩口，絕不多喝，我固然不存着長生不老的妄想，但是卻也想試一試，我也沒有向他討來喝，但是我的心中卻不免認定他是一個相當小器的傢伙。

這時，有一大筒「不死藥」送到了我的面前，我自然想喝上一些的了。

我向那將竹筒遞給我的土人笑了笑，表示謝謝，然後，我的朋友忽然大叫了一聲，將我的竹筒，劈手搶了過去，他搶得太突然了，以致使竹筒的乳白色液汁，濺出了一大半來！

他瞪着我，拚命地搖頭！

他的意思實在是非常明顯，他是不要我喝用「不死藥」。

這時我的心中不禁十分惱怒，他自己腰中所懸竹筒中的「不死藥」不肯給我飲用，也還罷了，我也不會向他索取，可是，連別人給我飲用，他都要搶了去，這未免太過分了。

我這時心中之所以惱怒，當然是基於我知道這種白色的液汁，乃是真正的「不死藥」之故，我曾親眼看到過這種白色液汁的神奇功效，我當然想飲用一些，使我也可以不懼怕槍傷，長生不老！

所以我不由自主，發出了一聲怒叫，一伸手，待將被搶去的竹筒搶回來。可是就在那時候，那土人突然伸手將我重重地推了一下！

那土人向我這一下突襲，也是突如其來的。我已經將他當作「我的朋友」，我當然想不到他說翻臉就翻臉，是以，當他向我推來的時候，我一個站不穩，身子向後跌去，幾乎跌出了船去。

那土人這時，也怪聲叫了起來，他一面叫着，一面揮着手，像是正在對同船的土人在叫嚷些什麼，直到此際，我才發覺到這個土人——我的朋友，在他的族人之中，地位相當高。

因為在他揮舞着雙臂，像一個過激派領袖一樣在發表演講之際，其餘人都靜靜地聽着他。

獨木舟仍然在向前划着，突然之間，轟隆的巨浪聲，將那土人的話聲，壓了下去。

那土人的話，似乎也講完了，他向我指了一指，在我還未曾明白究竟是發生了什麼事情之間，一個巨浪，和四個土人，已一齊向我撲了過來！

如果是四個土人先撲向我身上的話，那麼我是足可以將他們彈了開去的。

可是，先撲到的，卻是那一個巨浪！

那個浪頭是如此之高，如此之有力，剎那間，蔚藍平靜的海水變成了噴着白沫的灰黑色，就像是千百頭瘋了的狼，向我撲來。

當然，那浪頭不是撞向我一個人，而是向整個獨木舟撞來的，在不到十分之一秒的時間，獨木舟便完全沉進了海水之中！

這一個突兀的變化，使我頭昏目眩，一時之間，不知該如何才好。

也就在這時，那四個土人也撲了上來。

他們將我的身子，緊緊地壓住，他們的手臂，各箍住了我的身子的一部分，而他們的另一隻手，好像是抓在獨木舟上的。

我並沒有掙扎，因為我知道他們不是惡意的。

他們四個人緊緊地抓住了我的身子，只不過是為了不使我的身子離開獨木舟而已。而事實上，就算他們是惡意的話，我也沒有法子掙扎的，因為這時候，湧過來的浪頭，實在太急了。

我只覺得自己的身子突然縮小了，小得像一粒花生一樣，在被不斷地拋上去，拉下來。

這種使人極度昏眩的感覺，足足持續了半小時之久，我也無法知道我在這半小時之中，究竟是不是曾經嘔吐過，因為我已陷入半昏迷的狀態之中了！

我有過相當長時間的海洋生活經驗，但這一次風浪是如此之厲害，每一個浪頭捲來，簡直就像是要將你的五臟六腑，一齊拉出體外一樣，使人難以忍受。

等到我終於又清醒過來的時候，我只覺得自己，仍然在上上下下地簸動着，但是我至少也覺出我的身子已不再被人緊抓着，我雙手動了一動，突然，我的手，碰到了泥土！

在一個曾經經歷過那樣大風浪的人而言，忽然之間，雙手碰到了泥土，那種歡喜之情，實在是難以形容的，我雙手緊緊地抓着泥土，身子一挺，坐了起來。

在那一剎間，我昏眩的感覺，也消失無蹤了。我睜開眼來，首先看到一片碧綠，我是在一個十分美麗的小島的海灘上。

那一片碧綠，乃是海水，它平靜得幾乎使人懷疑那是一塊靜止的綠玉。

但是，再向前望去，卻可以看到在平靜的海水之外，有着一團灰黑色的鑲邊，那道「鑲邊」在不斷翻滾和變幻着。

我立即明白了，那便是我剛才遇到風浪的地方，在這小島的四周圍，終年累月，有巨大的浪頭包圍着，一年中只有極短的時間，浪頭是平息的，這當然就是這個小島會成為世外桃園的原因。

我將視線從遠處收回來，看到在我的身旁，站着不少土人，他們的樣子，看上去都是差不多的，但是我還是可以認出我的朋友來。

當我認出他來的時候，他也正向我走過來，在那一剎間，我當真不知是繼續做他的朋友好，還是不睬他的好，因為在獨木舟上，他會用如此不正常的手段對付我。

那土人直來到了我的身邊，向前指了一指，示意我站起來，向前走去。

我在站起身子的時候，身子晃了一晃，那土人又過來將我扶住。

看來，他對我仍是十分友善。我自然也不會翻臉，但是我既然來到了這個島上，我非要飲用一下那種白色的液汁不可！

我跟着那幾個土人，一齊向前走去，那島上的樹木並不十分多，正如駱致謙所言，島上大部分全是岩石。但是，島上的岩石卻不但形狀怪異，而且顏色也十分美麗，這就使得整個島嶼，看來如同是想像中的仙境一樣。島上最多的，是巨大的竹子。

但是那種外形和竹子相類似的東西，實際上卻並不是真正的竹子。因為我看到它們開一種灰白色的花，和結成纍纍的果實，那自然便是製造不死藥的原料。

我從海灘邊走起，走到了一個山坳中停了下來，我估計我所看到的那種植物，它所結的果子之多，足足可以供那島上的人，永遠享受下去。

而島上的土人，幾乎也以此為唯一的食糧和飲料，他們每一個人的腰際，都懸着一個大竹筒，不時打開竹筒來，將竹筒內的汁液喝上幾口。

我被安排在一間竹子造成的屋中，那屋子高大而寬敞，躺在屋中，有十分清涼的感覺。過了一會，有人送了一大盤食物來給我。

我一食，那盤食物，幾乎全是魚、蝦，還有一隻十分鮮美肥大的蚌，我趁機向那土人的腰際，指了一指，意思是要他將竹筒中的東西，給一點我喝喝。

可是，那土人卻立即閃身，逃了開去，而且，立即又退出了那間竹屋。

他的行動，使我十分憤怒，我忍不住大叫了起來，向外衝了出去。

我剛一衝出竹屋，就看到我的朋友，急急地向我奔了過來，使我吃了一驚的是，他的手中，竟然抱着一柄衝鋒槍。

在那一剎間，我實在不知發生了什麼事情，我連忙縮回了竹屋中，那土人卻隨即走了進來，但是他以後的動作，卻使我十分放心。因為他將手中的衝鋒槍，放到了地上，又向我作了一個手勢，是示意我去動那槍的。

我俯身在地上拾起那柄衝鋒槍，檢查了一下。

那柄槍，一看便知道是第二次世界大戰時的物事，但是仍然十分完好，而且還有子彈，它是可以立即發射的。那土人指了指槍，又向我做了幾個手勢。他是在問我會不會使用這槍。

我點了點頭，那土人高興了起來。

我還不知道他的用意是什麼，但是這時，我已聽到了咚咚的鼓聲，當我向外看去的時候，看到許多土人，自屋中奔出來，聚集在屋前的空地之中。

那土人在地上蹲了下來，用竹枝在地上畫出了一個魚一樣的東西，那東西顯然是在海水之下的，他又在那東西之中，畫了兩個人，這兩個人手中都是持槍的，然後，他又畫了一個島，表示這兩個人會上島來。而這兩個人中，有一個是挺着大肚子的胖子。

在他剛一畫出那魚形的東西來之際，他想表現什麼，還十分難以明白，然而到了如今，那卻是再明顯也沒有了，他畫的是一艘小型的潛艇，而那個大肚子，當然就是波金。

他的全部意思，也變得十分易於明白，他是說，波金和駱致謙兩人，將會乘坐潛艇，持着槍，來到他們的這個島上！

而他要我拿起這柄衝鋒槍來的用意，也再也明白不過，他要我來對付波金和駱致謙兩人！

我完全明白了他的意思之後，便點了點頭，又向他畫的那兩個人指了指，再揚了揚槍，表示我完全可以對付他們兩人。

但是這時候，我的心中，也不免又產生了新的疑問。

因為這個島上的人，全是每日不停地喝着「不死藥」的，他們當然有着極神奇的力量，是不怕槍擊的，那麼，他們何以會怕波金和駱致謙帶着槍來呢？

駱致謙曾在這島上生活過好幾年，島上的土人，當然也應該知道，駱致謙是不怕槍擊的，何以那土人還要我用衝鋒槍去對付他們兩人呢？

我將我心中的疑問，提了出來，要使對方明白我心中的疑問，這需化相當長的時間。

而等到我終於明白這一點的時候，那土人拉着我的手臂，向外便走。

我們走出了竹屋，發現許多人都坐在曠地上，鼓聲仍然沉緩而有節奏地在一下一下敲着。我看了一下，土人大約有三百名之多。

的確，他們之中，沒有老人，也沒有小孩，每一個人看來，都像是三十來歲的年紀。

當我看到了這種情形之後，我的心中，陡地想起了一件事來：那種白色的液汁，的確是極有功效的抗衰老素，可以使人的壽命，得到無限的延長，但是，可以肯定地說，它也必然破壞人的生殖能力，要不然，這島上的人口，不應該是三百人，而應該是三百萬人了。而島上根本沒有孩子，這豈不是證明島上的人，是完全喪失了生殖能力麼？

我一面想着，一面被那土人拉着，向前走去。

我不知道那土人要將我拉到什麼地方去，我們走了好久，才來到了一個山頭之上。在那個山頭上，有四塊方整的大石，圍成了一個方形，在那方形之上，另有一塊石板蓋着。

那土人來到了大石之旁，一伸手，將那塊石，揭了開來，向我招手，示意我走向前去，去看被那四塊大石圍住的東西。

我的心中充滿了疑惑，但是我還是走了過去。

當我來到了大石之旁的時候，我不禁呆住了。我看到的物事，其實絕不算是稀奇，但是卻又絕不應該在這個島上出現的。

我，看到了一個死人！

第九部

「不死藥」的後遺症

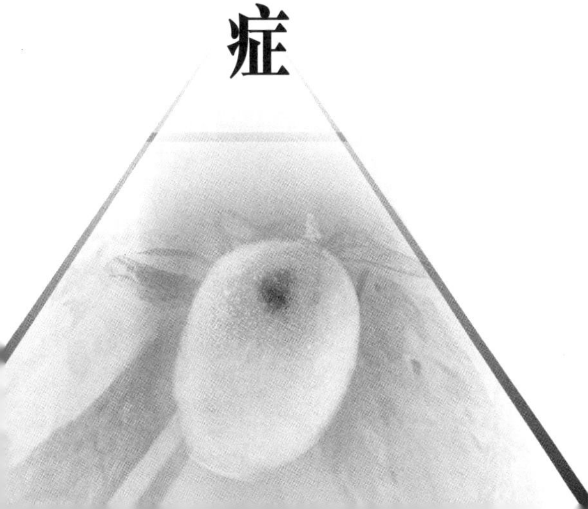

那人毫無疑問地是死了，雖然他看來和生人無異，他是一個土人，膚色棕黑，頭髮鬈曲，他坐着，看來十分之安詳。

而在他的心口，卻有着兩個烏溜溜的洞。

我是帶着衝鋒槍走來的，這時，那土人指了指槍口，又指了指死人胸前的兩個洞，面上現出了十分可怖的神情來。

我立即明白了！

這島上的土人，未必知道他們日常飲用的「不死藥」，可以導致他們走上永生之路，他們可以說根本不知道這人會死亡這件事的，這個人居然死了，這當然造成他們心中的恐怖。

而這個人是怎樣死的，我也很明白，他是被衝鋒槍的子彈打死的。衝鋒槍的子彈，如果擊中了他別的地方，他可能一點感覺也沒有，但是如果子彈穿過了心臟，那麼他就會死，也就是說，服用不死藥的人，並不是天不怕、地不怕，什麼都難以使他致死的，他也有致命的弱點，那弱點便是心臟！

當然，駱致謙是知道這一點的，這個人，可能就是駱致謙所殺死的！

駱致謙為什麼要我將他在死囚室中救出來，道理也十分明顯了，因為在高壓電流過人的身體之際，必然會引起心臟麻痹。

換言之，電椅可以令駱致謙死亡！

所以駱致謙當時的神情，才如此焦切，如此像一個將死的人，這也是他令我上當的原因之一！

我後退了一步，和那土人，又一齊將那塊石板，蓋了上去，同時點了點頭，表示明白了如何可以使波金和駱致謙死亡的法子。

那土人又和我一齊下山去，在下山的途中，我故意伸手拍了拍他腰際的竹筒，可是他卻立即將竹筒移到了另一邊。

我心中暗忖，這島上的土人，可能生性十分狡獪。

他們要利用我來對付駱致謙和波金，可是卻不肯給那種白色的汁液給我喝。

我當時就十分不高興地拍了拍他的肩頭，等他回過頭來的時候，我揚了揚手中的槍，又向他的竹筒指了指，然後，我將衝鋒槍拋到了地上！

我的意思，是誰都可以明白的，那便是，他如果不肯給「不死藥」，那麼，我將不用這柄槍去和他對付波金和駱致謙。

我這樣做，其實是十分卑鄙的，因為對付波金和駱致謙，並不是和我完全無關的事情。但這時候，我認定了對方是十分狡猾的人，所以我也不妨用這些手段，趁此機會來威脅他。

那土人頓時現出了手足無措的樣子來，現出了為難之極的神情。

我則雙手叉着腰，等待着他的表示，同時心中不免在罵他拖延時間。

他要解決這個問題，其實是再容易不過的事情，因為只要他將不死藥給我飲用，我必然不會再要脅他的，可是看他的情形，卻絕沒有這樣的打算。

我怕他還不明白我的意思，是以又伸手向他腰際的竹筒指了指。

他苦笑着，也指了指竹筒，作了一個飲用之狀，然後，伸直了手，直着眼，一動也不動。

這個手勢，我看他做過好多次了，可是一直不明白是什麼意思。

我也曾思索過，他這樣做，究竟是什麼意思呢？可是我卻想不出來，直到這時，我仍然不明白。但是，他這時又擺出了這樣的姿勢來，卻至少使我明白了一點，那就是他不給我喝「不死藥」的原因。

難道說，喝了不死藥之後，人就會直挺挺地死去麼？他想用這種謊言來欺騙我，那實在非常幼稚，也只有使得我的怒火更熾。

我堅決地伸手，向他腰際的竹筒指了一指，他這時，卻急得團團亂轉了起來，從他棕黑色的臉上，冒出了豆大的汗珠來。

我心中在想，我快要成功了！

但同時，我卻實在不明白這傢伙何以那麼緊張，因為在這個島上，這種白色的汁液，是取之不盡，飲之不竭的天然所產生的東西，它絕不珍貴，就像是環繞着這個海島的海水一樣！

他為什麼那樣小器，堅持不肯給我飲用？而且，顯然是由於他的通知，這島上的土人，沒有一個肯給我飲用這「不死藥」的。

可以說，這也正是使我憤怒不已的原因之一。

我仍然站立不動，那土人突然俯下身來，他口中一面說出我絕聽不懂的話，一面又在地上畫着。

他先畫一個人在仰頭飲東西，手中持着一個竹筒，接着，那人手中的竹筒不見了，我明白，這裏表示那人不再飲不死藥了。

然後，他畫了第三個人，那人是躺在地上的。

這三幅畫，和他幾次所作的手勢，是一樣的意思，也同樣地可惡，他是企圖使我相信，飲用不死藥，是會使我死亡的！

我瞪着他，搖了搖頭，表示沒有商量的餘地。

他急了起來，指着他所畫的三個人，又指了指他自己，而他也直挺挺地躺了下去，然後，雙眼發直，慢慢地坐了起來。當他坐了起來之後，他的雙眼仍然發直，身子也像僵了一樣。

在那電光石火的一剎間，我陡地想起了我曾經見過的一些事情來。

我突然想起的，是我第一次潛進波金的住宅，闖進了一間房間時的情形。在那間極大的房間之中，我曾看到很多土人。

我曾在波金住宅內所見到的那些土人，和「漢同架」島上的土人顯然是同種，他們一定來自這個島上，那些土人，幾乎沒有一個像是生人，他們在長時間內，都維持同樣的姿勢不變，十足是白癡。

而如今，僵直地坐在地上的那土人，看來和波金住宅中的那些土人，就十分相同。

當我一想到這一點的時候，我覺得有重新考慮那土人表達的意思的必要了。

我又仔細地看他畫的那三幅圖，第一幅，一個人在喝「不死藥」；第二幅，只是一個人；第三幅，那人躺在地上不動了，而他為了強調這一點，他自己現身說法，也躺在地上不動。

這當然是他要強調說明的一點，他是什麼意思，他想說明什麼？

突然之間，我明白了！

那是真正突如其來的，一秒鐘之前，我還什麼都不知道，心中充滿了疑問，但是在一秒鐘之後，像是有一種巨大之極的力量，突然將所有一切迷霧，一齊撥開，使我看到了事情的真相！

那土人的意思，並不是說飲用這「不死藥」會造成這樣的結果，他是說，如果飲用了不死藥之後，又停止不飲，那便會造成這樣的惡果！

因為當中有了這樣一個轉折，他要表達，當然困難得多，所以我不容易明白。

我現在明白了，長期飲用不死藥，當然可以使人達到永生之路，但是如果一旦停止——我還不知停止多少時間，那麼，人便會變成白癡，人還是活的，可是腦組織一定被破壞無遺！

這種情形，我已經見過了，波金住所房間中的那一批土人，當然是因為得不到不死藥的供應，而變得如同死人一樣。

同時，我也知道了波金和駱致謙害怕我的真正原因。

因為他們計劃出售的「不死藥」，你必須不停地服食它們，如果一旦停止，那麼，人就會變成白癡了！

那土人之所以無論如何不肯給我喝一點不死藥，當然也是這個原因。

因為我除非永遠在這個島上居住下去，否則，絕不可能永無間斷地得到「不死藥」的供應。

而如果永遠在這個島上生活的話，對我這個來自文明社會的人而言，那是不可想像的，在那樣的情形下，即使得到了永生，又有什麼意思？

而且，我更進一步地想到，不喝「不死藥」的間歇時間，一定相當短，說不定只有幾十小時。駱致謙固然對我講過，他是離開這個島後，曾有幾年時間，找不到這個島，但是他的話，定然是不可靠的。這正像他們擁有潛艇可以來這個島上，而他未曾向我提起過一樣。

而且，在駱致謙被認為遭到了謀殺之後，在他的「遺物」之中，有一個十分大的竹筒，當然，沒有人知道這個竹筒的用途，那是用來裝「不死藥」的。

這可以證明，他一直未曾停止過飲用「不死藥」。

就算他不怕電椅，他也有理由要逃出去，因為，他帶在身邊的不死藥，快要吃完了！

在極短的時間之內，我想通了這許多問題，我心中的高興，實是難以形容的。

我連忙將我的朋友從地上拉了起來，向他行着島上土人所行的禮節。

而他自然也知道我終於明白他的意思了，所以他咧着大嘴笑着。

這時候，我的心中十分慚愧，因為我一直將對方當作是小器、狡獪的人，而未曾想到他是如此善良，處處在為我打算。

我拾起了槍，跟着他一起下了山，回到了他們的村落之中。許多土人仍在曠地上等着，我的朋友走到眾人中間，大聲講起話來。

直到此際，我才看出，我的朋友，原來是這個島上的統治者，他是土人的領袖！

他發表了大約為時二十分鐘的「演説」，我全然不知他在講些什麼，只看到他在講話的時候，曾不斷地伸手指向我站的地方。

而當他講完了話之後，所有的土人，忽然一齊轉過身，向我膜拜了起來。

這種突如其來的榮幸，倒使我手足無措起來，使我不知該如何是好。

也就在這時候，在海灘的那一面，突然傳來了一陣驚天動地的槍聲。

那七八下槍聲，由於島上全是岩石的緣故，是以引起了連續不斷的回聲，聽來更是驚人，我陡地一呆，我的朋友大聲叫了幾聲，拉着我，來到了一株極大的竹子之旁，指着竹子，要我跳進去。

那段「竹子」，足有一抱粗腰，我人是可以躲在裏面的，我也想到，那七八下槍響，一定是波金或駱致謙發出來的，他們已經來了！

他們自然是想不到我也會在島上的，我躲起來，要對付他們，當然是容易得多了。

我爬進了那株「竹子」，站着不動。

土人仍然坐着，鼓聲也持續着，而有不少土人，將一大筒一大筒封住了的竹筒，搬了出來。這些竹筒中，當然是載滿了不死藥的。

半小時之後，我又聽到了一排槍聲，這一次，槍聲來得極近了。

我小心地探頭出來，看到了駱致謙和波金兩人。

別看波金是個大胖子，他的行動，卻也相當俐落，兩人的手中，都持着槍，但是，當土人開始向他們膜拜的時候，他們得意地笑着，放下了槍。

衝鋒槍變成了掛在他們的身上了。

我的朋友這時也躲了起來，另外有兩個土人迎了上來，駱致謙居然可以用土語和這兩個土人交談，那兩個土人十分恭敬地聽着。

我在這時，心中覺得十分為難。

如果我暴起發難，當然槍聲一響，子彈便可以在他們的心臟之中穿過，但是，我卻不想這樣做，至少，我要活捉駱致謙！

因為，如果我將駱致謙也殺了的話，我將永遠無法回去了，我有什麼辦法證明我是無辜的呢？我唯一證實自己清白的方法，便是將他押回去。所以，我必須要指嚇他，使他放下武器，可是這又是十分困難的。雖然我躲在竹子中，他絕不知道我在，但是別忘記，我必須射中他的心臟，才能使他死亡！

而駱致謙對我是了無顧忌的，我一出聲，他疾轉過身來，那麼我就凶多吉少了！

因為他對我絕無顧忌，而且，我也不是只有心臟部位才是致命點，他射中我任何部分，都可以致我於死命，但是我卻必須直接射中他的心臟部分。

如果，只有駱致謙一個人的話，那麼我或許還容易設法，但他卻是和波金一齊來，我實是沒有辦法同時以槍口指住兩個人的心臟部分的！

所以，我只是藏匿着，在未曾想到了妥善的辦法之前，不能貿然行動。

駱致謙在不斷地喝叫着，他的神態，像是他毫無疑問地是這個島上的統治者一樣。

在土人的神情上，可以明顯地看出他們人人都敢怒而不敢言。

我看了這種情形，心中也不禁暗暗歎息。

因為，駱致謙本來是絕無可能，也不應該在這島上佔統治地位的，土人全是服食過「不死藥」的，他們也只有心臟部位中槍，才能死亡。那也就是說，他們如果起而反抗的話，至多只要犧牲一兩個人，便可以將駱致謙完全制服的了。

但是我相信我的朋友帶我去看的那個死人，一定是駱致謙在全島土人之前，下手將之殺死的。這個島上的土人，是從來沒有「死亡」這個概念的，他們在突然之間，見到一個人忽然不動了，不講話了，僵硬了，他們心中的恐懼，實在難以形容。

在這樣的情形之下，他們除了害怕之外，不及去想其他的事，當然，他們更不會想到，反抗駱致謙是十分容易的事！

我的心中暗歎了一口氣，駱致謙只不過射死了一個人，便令得島上的人，全都懾服在他的淫威之下，他可以說是一個聰明人！

由我想到這一點的時候，我的心中，又為之陡地一動：駱致謙能夠用殺一個人的辦法，使得全島的土人，都屈服在他的勢力之下，那麼，我是不是可以如法炮製，也殺一個人，而令他屈服呢？

我當然不會去槍殺土人的，但是我卻可以殺死一個該死的人。

這個人，當然就是波金！

我手中的槍，慢慢地提了起來。這時，波金正在駱致謙的身旁，背對着我，離我大約有二十步，我要一槍射中他的心臟部位，那是輕而易舉的事情。

但是當我瞄準了之後，我卻暫時還不動手，我必須考慮到射死波金之後，駱致謙的反應如何！

駱致謙當然是立時提槍，轉身，向發出槍聲之處，也就是向我藏身之處發射，我應該怎樣呢？

我想了並沒有多久，便已想通了。

而且，我也覺得，這時候，我非動手不可了，因為有好幾個土人，已經急不及待地向我的藏身之處望來，他們的這種動作，是必然會引起駱致謙的注意的，而如果駱致謙先發現了我，那就糟糕了。

我將槍口對準了波金的後心，在人的背後放冷槍，這實在是一件十分卑鄙的事情，我的心中只好這樣想，波金和駱致謙兩人，本是十分卑鄙的傢伙，我用卑鄙的手法對付他們，似乎也不算太過分。

只有這樣想，我才有勇氣扳動了槍機。

「砰」地一聲槍響，令得所有的人，都受了震動。所有的土人，都跳了起來，波金比駱致謙更快轉過身來。在他的心臟部位，出現了一個深洞，但是卻不見有血從傷口處流出來。

他的臉上現出了一種奇怪之極，不像哭，也不像笑的奇怪神情，他張大了口，身子像是電影的慢鏡頭也似，慢慢地向下，倒了下去。

他的身子還未曾倒向地上，駱致謙已疾轉過身來了，他的動作，一如我所料，他陡地提起了槍，準備向我的藏身處掃射。

可是，他才一將槍提了起來，我第二發子彈，也已射了出來。又是「砰」地一聲，我的子彈，射中了他手中的槍，駱致謙雙手一震，他手中的槍落在地上，而且已經損壞，不能再用了！

駱致謙應變十分快，他立即向後退出了一步，想去拾波金的槍。可是這時，我伸手一按，已然從藏身之處一躍而出。

我一躍出來，駱致謙的面色，便變得比死人還難看，他一定以為我已經死在帝汶島上了，我的突然出現，是他做夢也想不到的事！

我的槍口直指着他的心口，再加上波金已然死在我的槍下，駱致謙是聰明人，實在不必我再開口講些什麼，他已知道，我明白令他致死的秘密了，所以他立時站定了不動，舉起了雙手來。

我直到這時，自第一次被他騙以來，在心中鬱結着的憤怒，才得到宣洩。

我連聲冷笑起來，我的冷笑聲，在駱致謙聽來，一定是十分殘酷的了，因為他的身子發起抖來，我冷冷地道：「你還有什麼話要說？」

他顫聲道：「你不是要殺我吧，你，你不是想我死在這島上吧！」

我本來是無意殺他的，但是他既然這樣想法，那就讓他去多害怕一陣也好，所以我並不出聲。

他繼續哀求着：「波金死了，這不死藥的秘密，你和我，只有我們兩個人知道，我們是可以利用它來發大財的。我們可以合作！」

我笑了起來：「駱先生，我看你的腦子不怎麼清醒了，如果要發大財的話，我一個人發，不要比與你合作更好麼？」

駱致謙完全絕望了，他面上的肌肉開始跳動，我看出他像是準備反抗，我必須先制服他再說。

我正在考慮，我該如何向土人通信息，要土人去制服他之際，我的朋友出現了，緊接着，一大群土人一湧而上，在不到兩分鐘的時間內，駱致謙的身體都被一種十分堅韌野籐緊緊地捆綁了起來。

我鬆了一口氣，放下了手中的槍，向他走了過去，駱致謙在大叫：「你不能將我留在這裏，你不能讓這些土人來處罰我，你必須將我帶走！」

我點了點頭：「的確，我會將你帶走的，我會將你帶回死囚室去。」

駱致謙竟連連點頭：「好！好！可是，你得不斷供應『不死藥』給我！」

我笑了起來，如今，我已徹底制服了一個狡猾之極的敵人，我心中的暢快，是難以形容的。

我冷笑道：「當然會，在將你交回死囚室之前，我不想使你變成活死人也似的白癡！」

駱致謙像捱了一棍也似地，不再出聲了。

我又道：「但是，當你再被囚在死囚室中之後，我想，你的大嫂，只怕不會再有不死藥送來給你了，你在死前，先喪失了知覺，這不是很好的事情麼？活着知道自己何時要死去，這滋味總不怎麼好的。」駱致謙有氣無力地道：「你，原來什麼都知道了！」我哈哈大笑了起來道：「當然什麼都知道了，來，我們該走了！」我轉過身，來到了我的朋友面前，向他指手劃腳，表達我的意見，我要他派獨木舟，送我和駱致謙兩人離開這個島。

他聽明白了我的意思之後，卻只是斜睨駱致謙，並不回答我。

駱致謙在他的凝視之下，急得怪叫了起來：「衛斯理，你……不能答應他將我留在這裏。」

我故意道：「將你留在這裏？那也沒有什麼不好啊，你可以不斷獲得不死藥，你可以長生不死，我相信他們本是不死之人，當然不會有死刑的。」

駱致謙喘着氣：「不，不，我寧願跟你走，跟你回到文明世界去。」

我冷冷地道：「這裏本來就很文明，很寧靜，我想，就是從你來了以後，才開始亂起來的，他們要怎樣懲罰你，我當然不會阻止他們的，等他們懲罰了你之後，我再帶你回去好了。」

駱致謙道：「別再拿我消遣了，我已寧願回去接受死刑了，你還捉弄我作甚。」

我實是想不到為什麼害怕，因為他曾告訴過我，他是連痛的感覺都沒有的，那麼，他怕什麼呢？這裏的土人，會用什麼刑罰來對付他呢？我向他走了過去，向他提出了這個問題。

他額上的汗珠，一滴滴地向下落來：「你別問，你別再問了。」

我厲聲道：「不，我非但要問這個問題，而且還要問別的很多問題，除非你能夠一一回答我，要不然，我就先讓你留在這裏。」

駱致謙立即屈服了，他一面喘氣，一面道：「在……這個島上，有一個山洞，山洞的裏面，有一個水潭，水潭中生着一種十分兇惡的小魚，是食人魚的一種，他們會將我的雙腿浸在水潭中！」

我冷笑道：「那怕什麼，你根本連痛的感覺也沒有，而且，你的肌肉生長能力也十分快疾的。」

駱致謙苦笑道：「不錯，我不怕痛，但是眼看着自己的腳一次又一次地變成了森森的白骨……不，你千萬別將我留在這裏！」

我聽了之後，身子也不禁一震，打了一個寒顫！

這種處罰，只是見於神話之中的，卻不料真的有這樣的事情，這的確是受不了的！

我轉向我的朋友，再一次提出了要他立即派獨木舟送我和駱致謙離開這裏。那土人這次點了點頭，但是他卻走了過去，狠狠地吐了一口痰，吐在駱致謙的臉上，這才揮手高叫。可能由於我堅持要將駱致謙帶走，他對我也生氣了，並不睬我。

但是那「統治者」的土人對我的生氣，並沒有維持了多久，便又開始向我比手勢了。

有兩個土人，抬着駱致謙，我則和我的朋友一齊，向海灘走去。來到了海灘之後，已有一排獨木舟在，我的朋友親自上了一艘相當大的獨木舟，在那獨木舟的兩旁，有鳥翼也似的支架。

有着這種支架的獨木舟，不會在波濤中翻倒。但是我想起我來的時候所經過的巨浪，我的心中，仍不免駭然。

我在臨登上獨木舟之前，仍未曾忘記向我的朋友要了一個竹筒「不死藥」。

那一竹筒「不死藥」，和駱致謙一樣，被綁在獨木舟之上，我當然不是要用這一筒「不死藥」來牟利，而是我要使駱致謙保持清醒，假使他變了白癡，那無疑是我在自己找自己的麻煩。

我已經完全替以後的行動作好了計劃，離開了這個島之後，我估計在海上飄流的時間不會太長，而我一獲救之後，第一件要做的事情，便是設法通知在黃老先生家中避難的白素，告訴她，我要回來了，一切都可以恢復以前一樣！一個人，一直在過着那樣的日子，並不會覺得特別舒服的，但一旦失而復得，那就會覺得這種日子，格外可貴，格外幸福了。

第十部

喝了「不死藥」

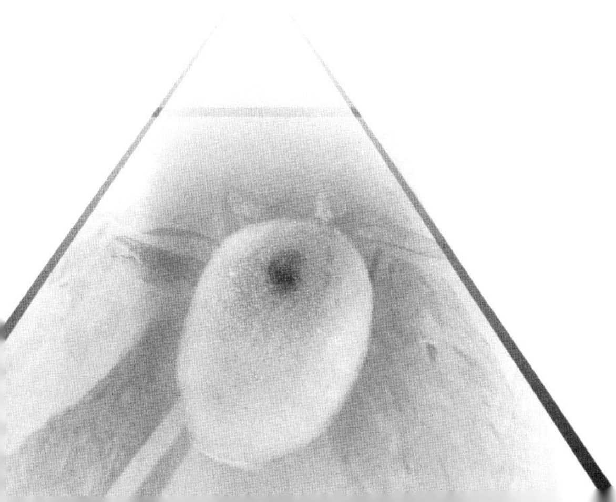

幾十個土人，將獨木舟推下海中，獨木舟上，約有二十個人，獨木舟一出了海，十來支槳，一齊划了起來，去勢十分快。

一小時後，獨木舟已來到了巨浪的邊緣了，此起彼伏的巨浪，在消失之前，都有一剎間的凝滯看來像是一座又一座，兀立在海中心的山峰一樣。

獨木舟到了這時候，已不用再划槳了，那些巨浪，使得海水產生了一股極大的旋轉力，令得獨木舟像是被人拉着一樣，一面打轉，一面向着巨浪，疾衝了過去，終於，撞進了巨浪之中！

從獨木舟撞進了巨浪的開始，一切都像是一場噩夢，和我來的時候相同，開始我還勉力掙扎着，我相信如果沒有幾個土人壓在我身上的話，我一定被拋下海中去的了。

但是，過不多久，我便又昏眩了過去。

等到我醒過來時，已經脫出了那環形的巨浪帶，已在風平浪靜的海面之上了。

「我的朋友」已開始在解下另外兩隻較小的獨木舟，他顯然是準備向我告別。我站了起來，他指着幾個竹筒，告訴我那裏面是清水。

他又伸手指着南方，告訴我如果一直向南去，那麼就可以到達陸地。其餘的幾個土人，在我的獨木舟上，豎起了一枝桅，放下了帆。

這些土人，都是天才的航海家，因為他們的帆，全是用一種較細的野籐織成的。可是效果卻十分好，而且，他們立即使得獨木舟在風力幫助下，向南航去。

我的朋友和我握着手，所有的土人，全都跳上了那兩艘較小的獨木舟，向前划去，他們愈去愈遠，我很快就看不見他們了。

我打開了一個竹筒，自己喝了一口清水，並且用一點清水，淋在頭上，鹽花結集在臉上的滋味，實在不是怎樣好受的。

但駱致謙當然未曾受到這樣的待遇，我只是倒了一口不死藥在他的口中，以免他在「抗衰老素」得不到持續補充的情形下，變成白癡。

我在獨木舟上躺了下來，獨木舟繼續地向南駛着，船頭上「啪啪」地濺起了浪花。我先睡了一覺，在沉睡中，我卻是被駱致謙叫醒的。

我乍一聽到駱致謙的怪叫聲，着實吃了一驚，連忙坐起了身子，直到我看到，駱致謙仍然像糉子一樣地被捆縛着，我才放心。

駱致謙的聲音十分尖，他叫道：「我們要飄流到什麼時候，你太蠢了，我和波金是有一艘小型潛水艇前來的，你為什麼不用這艘潛艇？」

我冷笑了一下：「當我們離開的時候，你為什麼不提醒我？」

駱致謙道：「我提醒你，你肯聽麼？」

我立即道：「當然不聽，潛水艇中，可能還有別的人，我豈不是自己為自己增添麻煩？我寧願在海上多飄流幾日——」

我才講到這裏，心中便不禁「啊」地一聲，叫了出來。我沒有利用那艘潛艇逃走，是因為怕節外生枝。但是如果潛水艇中還有別的人，他們久等波金不回的話，是一定會走上島去觀看究竟的。

那樣，豈不是給島上的土人，帶來了災難？

我一想到這一點，立即想揚聲大叫，告知我的朋友，可是我張大了口，卻沒有任何聲音發出來。這時已經太遲了，那一批土人，不是正在和巨浪掙扎，便是已經回到了他們的島上，就算我叫破了喉嚨他們也聽不到！

在剎那間，我可以調整風帆，向相反的方向航回去，但是，我卻無法使獨木舟通過那個巨浪帶，我躊躇了片刻，才道：「潛艇中還有什麼人？」

駱致謙的臉上，開始現出了一絲狡獪的神情來：「還有一個人，他是二次世界大戰時，一艘日本潛艇上的副司令。」

我望了他一會：「你是有辦法和他聯絡的，是不是？你身上有着無線電對講機的，可是麼？」

駱致謙點頭道：「是的，可是，我如果要和他聯絡的話，你必須先鬆開我身上綁的野籐。」

我又望了他片刻，這時，我沒有槍在，我在考慮，我鬆開了綁後，如果他向我進攻，我便怎樣，我只考慮了極短的時間，因為我相信，我雖然沒有槍，但是我要制服他，仍然是可以的。

所以，我不再說什麼，便動手替他鬆綁，土人所打的結，十分特別，而且那種野籐，又極其堅韌，我用盡方法，也無法將之拉斷。

我花了不少功夫，才解開了其中的幾個結，使得野籐鬆了開來，駱致謙慢慢地站直了身子，伸手進入右邊的褲袋之中。

在那一剎間，我的心中，陡地一動，駱致謙的身上，可能是另有武器的！

我一想到這一點，身子一聳，便待向前撲去，可是，已經遲了，我還未撲出，駱致謙手已從袴袋中提了出來，他的手中，多了一柄手槍。我突然呆住了，我當然無法和他對抗，而，在獨木舟之上，我也絕沒有躲避的可能的！

我僵住了，在那片刻之間，我實在不知該怎麼才好。但是駱致謙卻顯然知道他應該怎樣做的，他手槍一揚，立時向我連射了三槍！

在廣闊的大海中，聽起來槍聲似乎並不十分響亮，但是三粒子彈，卻一齊射進了我的身中，我只覺得肩頭，和左腿上，傳來了幾陣劇痛，我再也站立不住，身子一側，跌在船上。

而我的手臂，則跌在船外，濺起了海水，海水濺到了我的創口上，更使我痛得難以忍受。

我咬緊了牙關，叫：「畜牲，你這畜牲，我應該將你留在島上的！」

我不顧身上的三處槍傷，仍掙扎着要站起來。

可是，駱致謙手中的槍，卻仍然對準了我的胸口，使我無法動彈。

駱致謙冷冷地道：「衛斯理，你將因流血過多而死亡！」

我肩頭和大腿上的三個傷口，正不斷地在向外淌着血，駱致謙的話一點也不錯，這時候，我的情況如果得不到改善，我至多再過三十分鐘，便要因為失血過多而喪失性命！

而我實在沒有法子使我的情形得到改善。

我就算這時，冒着他將我打死的危險，而將他制服，那又有什麼用呢？我也絕無法使我三個重創的創口，立時止血的。

而且這時候，我傷口是如此疼痛，而我的心中，也忽然生出了臨死之前所特有的，那種疲乏之極的感覺，我實在再也沒有力道去和他動手了！

我只是睜大了眼睛，躺在獨木舟上，喘着氣。

駱致謙笑了起來，他的笑聲十分奸：「有一個辦法，可以使你活下去。」

我無力地問道：「什麼……辦法？」

我已來到了人生道路的盡頭，我只感到極度的、難以形容的疲倦，我只想睡上一覺，我甚至不再害怕死亡，我只想快點死去，當然，我更強烈地希望可以避免死亡！

所以，我才會這樣有氣無力地反問他的。

駱致謙並不回答我，他只是打開一個竹筒「不死藥」，倒了小半筒在竹筒中。

他將那竹筒向我推來，直推到了我的面前：「喝了它！」

我陡地一呆。

駱致謙又道：「喝完它，你的傷口可以神奇地癒合，陷在體內的子彈，會被再生的肌肉擠出來，別忘記，這是超特的抗衰老素，和增進細胞活力的不死藥！」

我的雙手，陡地捧住了竹筒，並將之放在口邊，我已快沾到那種白色的液汁了！

然而，就在這時，我卻想到了一點：我一開始飲用這種白色的液汁，我就必須一直飲用下去！

而如果有一段時間，得不到那種白色液汁的話，我將變成白癡，變成活死人！

這種可怕的後果，使我猶豫了起來，但是，卻並沒有使我猶豫了多久！因為在目前的情形下，我沒有多作考慮的餘地！

如果我不喝這「不死藥」，在不到十分鐘之內，我必然昏迷，接踵而來的，自然就是死亡。

而我飲用了「不死藥」，儘管會惹來一連串的惡果，至少我可以先活下來。

我張大了口，一口又一口地將「不死藥」吞了進去。不死藥是冰冷的，可是吞進了肚中之後，卻引起一種火辣辣的感覺，就像是烈酒一樣。

我直到將半筒「不死藥」完全吞了下去，我起了一種十分昏眩的感覺，我的視覺也顯然受了影響，我完全像一個喝醉了酒的人。

我看出去，海和天似乎完全混淆在一齊，完全分不清，而眼前除了我一個人之外，我也看不見別的什麼東西，我的身子像是輕了，軟了似的，只覺得自己在輕飄飄地向上，飛了上去。

漸漸地，我覺得自己的身子，彷彿已不再存在，而我的身子，似乎已化為一股氣，和青濛濛的海，青濛濛的天，混在一起了！

我想看看我傷口在服食了「不死藥」之後，有了什麼變化，可是當我回過頭去的時候，我卻看不見自己的身子！

看不見自己的身子，這是只有極嚴重的神經分裂的人才會有這種情形，他們會怪叫「我的手呢？」「我的腳呢？」其實，他的手、腳，正好好地在他們的身上，只不過他們看不見而已。

那麼，我已經因為腦神經受到了破壞，而變成一個不可救藥的瘋子了麼？

可是，我自己卻又知道那是不正確的，我不會成為瘋子，雖然我暫時看不到自己的身子，但是我的頭腦，卻還十分清醒，一切來龍去脈，我還是十分之清楚！

我索性閉上了眼睛，過了不知多久（在那一段時間中，我可以說根本連時間也消失的），我才覺得自己的身子，在漸漸地下降。

那種感覺，是彷彿自己已從雲端之上，慢慢地飄了下來一樣。

終於，我的背部又有了接觸硬物的感覺。

我再睜開眼來，我首先看到了駱致議，他正在拋着手中的槍，看來對我，已沒有敵意。

我連忙再看我自己，我身上的傷口，已完全不見了，就像我從來也未曾中過槍。

但是，我卻又的確是中過槍的。

不但我的記憶如此，我身上的血迹還在，證明我的確曾中過槍。

我勉力站了起來，仍有點暈酡酡的感覺，但是我很快就站穩了身子。駱致謙望着我：「怎麼樣？」我使勁地搖了搖頭，想弄明白我是不是在做夢。我非常之清醒，我不是在做夢。

但是在喝了「不死藥」之後，那一種迷迷糊糊的感覺，我卻實在記不起來了，我苦笑了一下，並沒有回答。

駱致謙「哈哈」地笑了起來：「感覺異常好？是不是？老實說，和吸食海洛英所獲得的感覺是一樣的，是不是？」

他連問了兩聲「是不是」，我只好點了點頭。

因為他所說的話，的確是實在的情形。

駱致謙十分得意，指手劃腳：「我相信那島上的土人，在最早飲用這種液汁之際，是將它當作麻醉品來用的，古今中外，人都喜歡麻醉品，而你也會立即喜歡這種東西的！」

在那一剎間，我只覺身上，陣陣發冷！

我飲用了「不死藥」！

我將不能離開「不死藥」了，如果不喝的話，抗衰老素的反作用，就會使我變成白癡！

我呆呆地站着，一動不動，駱致謙則一直望着我在笑，過了一會，他才道：「你不必沮喪，來，我們拉拉手，我們可以成為最好的合夥人！」

我看到他伸出手來，我可以輕易地抓住他的手，將他拋下海去的。可是我卻沒有這樣做，因為，這時將他拋下海去，又怎麼樣呢？

我已經喝下了「不死藥」，我已成了「不死藥」的俘虜，從今之後，我可以說沒有自由了！

而駱致謙如此高興，竟然認為我會與他合作，那自然也是他知道這一點之故。當然，我固然未曾將他摔下海去，但也沒有和他握手。

我心中只是在想，在我這幾年千奇百怪的冒險生活之中，我遇見過不知多少敵人，有的兇險，有的狡猾，有的簡直難以形容！

但是，我所遇到的所有敵人中，沒有一個像駱致謙那樣厲害的，我一次又一次地失敗在他的手中，到如今，我似乎已沒有反敗為勝的可能！

駱致謙看到我不肯和他握手，他收回了手去，聳了聳肩：「不論你是不是願意，我看不出你還有第二條路可走。」

我的神智漸漸地恢復鎮定：「我還是可以先將你送回去接受電椅。」

駱致謙卻一直帶着微笑：「不，你不會的，你已喝了『不死藥』，和一般人想像的完全相反，一個永不會死的人，絕不是幸福的，他的內心十分苦悶、空洞和寂寞，一想到自己永不會死，甚至便會不寒而慄，我沒有錯，我說中了你的心坎，是不是？」

我的身子，又不由自主地震動起來。

駱致謙又說對了！

的確，當以前，如果我想到自己永不死的時候，或許會覺得十分有趣，認為那是一件十分幸福的事情，因為在以前，這樣想，只不過是空想而已，幾乎一切都是美好，但是如今卻不同了！

如今，我只要保持着不斷地飲用「不死藥」，我的的確確可以成為一個永遠不死的人，但是每當想起這一點的時候，我實在忍不住心寒！

當你和你最親愛的人，一齊衰老的時候，你並不會感到怎樣，但是試想想，如今我將看看我四周圍的人，包括我最親愛的人在內，老去，死去，而我卻依然一樣，這能說是幸福麼？這實在使人噁心！

駱致謙望着我，徐徐地道：「是不是？」

「是不是」好像是他的口頭禪，我只是無精打采地望着他。

駱致謙繼續道：「在心靈上，我們絕不是一個幸福的人。一個有着這種心情的人，總是希望有一個和他同樣遭遇的人，可以同病相憐，互相安慰的。我是這樣，你，也是這樣的！」

他講到這裏，又停了停，才總結道：「所以，你將不會送我回去接受電椅！」

我仍然無話可說。

我之所以無話可說，是因為他講得對，我如果是一個人，那麼我心中這種空洞的感覺將更甚，有一個人做伴，那會比較好得多。

但是，我卻又是一個反抗性極強的人，當我想及駱致謙是利用這一點在控制我的時候，我卻自然而然地想要反擊他的話。

我停了好一會，才冷笑了一聲，道：「你想得有點不對了，當然，我需要一個和我有同樣遭遇的人，但我為什麼一定要選你？」

我以為駱致謙在聽了我的話之後，一定要大驚失色了，卻不料他若無其事，「哈哈」大笑，由於他笑得前仰後合，是以連獨木舟也幾乎翻了過來。

我大聲喝道：「你笑什麼？」

駱致謙道：「你想得倒周到，但是你卻未注意兩件事，第一，如果我不能避免坐電椅的命運，在我坐電椅之前，我一定將一切全都講出來，你想想，那會有什麼樣的結果？」

我不禁打了一個寒顫。

的確，如果駱致謙將一切全講了出來，那麼我必然成為一個和所有人完全不同的人，所有的人，一定會將我當作怪物，我將比死囚更難過了！

駱致謙冷笑着：「你以為我是為什麼將我大哥推下山崖去的？當我向他講出我的一切之際，他就說，他要將這一切宣布出去，他這樣講，或者不是惡意，但是我已經感到極度的害怕，所以才將他推下去的！」

駱致謙這幾句話，總算解開了我心中的一個疑點，那便是為什麼駱致謙要殺死駱致遜。但是當然我心中還有許多別的疑問，例如事情發生之後，他身分被誤認，或是柏秀瓊的態度等等，全是疑問。只不過在如今這樣的情形之下，我卻是沒有心情去追問他。

而駱致謙又冷笑了兩聲，才道：「第二，你更忽略了，你是沒有選擇的餘地的！」

我一怔，不明白他這樣說是什麼意思，可是，他的手，卻已向海面指去，

我循他所指的方向望去，看到一艘小型的潛水艇，正從海中浮了上來。

我這才知道，駱致謙的確是用無線電聯絡，通知了那艘潛艇了。

第十一部

我會不會成為白癡

那艘潛艇的式樣十分殘舊，是第二次世界大戰時遺下來的東西，但是看它從水中浮上來的情形，它卻分明有着十分良好的性能。由於潛艇在近距離浮上海面，海水激起了一陣一陣浪頭，獨木舟左右傾覆着，我和駱致謙都幾乎跌進了海中去。這本來倒是我一個跳海逃走的好機會，但是，我能逃脱潛水艇的追蹤麼？

是以，我只是略想了一想，便放棄了這個念頭。

不多久，整艘潛艇都浮了上來，潛艇的艙蓋打開，露出了一個人的上半身來。那是一個十分瘦削的日本人。

駱致謙向那日木人揚了揚手：「你回駕駛室去，我要招待一個朋友進來。」

那日本人立時縮了回去，駱致謙將獨木舟划近了潛艇：「你先上去。」

我並不立即跳上潛艇，只是問道：「你究竟想我做些什麼？」

駱致謙一面笑着，一面玩弄着手中的手槍，顯然是想在恐嚇我，同時，他道：「關於細節問題，可以在潛艇中商量的，上去吧。」

我凝視了他的手槍一會，他的槍口正對準了我的心臟部分，我如果不想心臟中槍，跌進海中去餵鯊魚，那就只好聽他的命令了。

我一縱身，跳到了潛艇的甲板上，他繼續揚着槍，於是，我就從潛艇的艙口之中，鑽了進去，駱致謙跟着，也跳了進來。

這是一艘小潛艇，在當時來說，這一定是一艘最小型的潛艇了。而這種小潛艇，在第二次世界大戰之中，當然不是作攻擊用，而主要是用來作為通訊，或是運送特務人員的用處的。它至多只能容五個人。

這艘潛艇雖然小，但要一個人能夠操縱它，使它能夠順利航行，也是一件不容易的事情，這個日本人一定是機械方面的天才。

進了潛艇之後，我被駱致謙逼進了潛艇唯一的一個艙中，我們一齊在多層牀之上，坐了下來，駱致謙仍然和我保持着相當的距離，以槍指着我。

我的心中十分亂，但是我還能問他：「你究竟準備將我怎樣？」

駱致謙道：「我要你參加我的計劃。」

我冷冷地道：「將『不死藥』裝在瓶中出賣？」

「是的，但那是最後的一個步驟了，第一，你必須先和我一起回到漢同架島上去，將那島上的土人，完全殺死，一個不留！」

我的身子，劇烈地發起抖來，我立時厲聲道：「胡說，你以為我和你一樣是瘋子麼？」

駱致謙也報我以冷笑：「但是你也不必將自己打扮成一頭綿羊，你沒有殺過人？最近的例子是波金，也就是死在你的手下的。」

我立即道：「那怎可同日而語？波金是一個犯罪分子，而島上的土人——」

駱致謙不等我講完，便猛地一揮手，打斷了我的話頭：「別說了，就算波金是一個犯罪分子，你是什麼？你是法官麼？你自己的意見，就是法律？你有什麼資格判定他的死刑而又親自做劊子手？」

駱致謙一連幾個問題，問得我啞口無言！

我早已說過，在我幾年來所過的冒險生活中，遇到過各種各樣、形形色色的對手，但是沒有一個像駱致謙那樣厲害的。

然而，此際我更不得不承認，駱致謙的機智才能，只在我之上，不在我之下！

我在發呆，駱致謙已冷笑道：「你不願動手也好，我一個人也可以做到這一點，全部殺死他們，對他們來說，也沒有什麼損失，他們那樣和歲月的飛渡完全無關地活着，和死又有什麼分別？」

我的呼吸，陡地急促了起來，因為我從駱致謙的神態中，看出他不是說說就算，而是真的準備那樣去做的，這怎不使我駭然？

駱致謙竟要在如此寧靜安詳的島上，對和平和善良的土人展開大屠殺，世上可以說再也沒有像他那樣既冷靜而又沒有理性的人了。

我心中在急促地轉着念，我在想，這時候，如果我能將他手中的槍奪過來的話，那麼，或者還可以挽救這場駭人聽聞的屠殺。

但是，駱致謙顯然也在同時想到了這一點，因為，剛當我想及這一點，還沒有什麼行動之際，駱致謙已陡地站了起來。

他向後退出了一步，拉開了門，閃身而出，他的動作，十分快疾，在我還未曾有任何行動之前，他已然退到了艙外了。

他手中的槍，仍然指着我的心口：「你最好不要動別的腦筋，我可以告訴你，我在軍隊中的時候，是全能射擊冠軍，而且，當我發覺你真的一點也沒有和我合作的誠意之後，你是死是活，對我就一點意義也沒有了，你可知道麼？」

我呆了一呆，他的話很明白了，如果我再反抗，那麼，他就不再需要我，要將我殺死！

他話一講完，便「砰」地一聲，關住了艙門。

我立即衝向前去，門被在外面鎖住了，我用力推，也推不開來。

我四處尋找着，想尋找一點東西，可以將門撬開來的，我這時也不知道自己即使撬開了門之後，該作如何打算，但是我卻一定要將門打開。

我找到了一柄尖嘴的鉗子，用力地在門上撬着，打着，發出「砰砰」的聲音來。

但是，我發出的一切噪音，卻是一點反應也沒有，只是從船身動盪的感覺上，我知道潛水艇是在向下沉去，沉到了海中。

那也就是說，駱致謙已開始實行他的第一步計劃了，他要到漢同架島上去，去將土人全都殺死！那些土人，不但絕沒有害他之意，而且，多年之前，還曾經是他的救命恩人！

我一定要做點什麼，但是如今這樣的情形之下，我卻又實在無法做什麼！

我仍然不斷地敲着門，叫着，足足鬧了半小時，艙門才被再度打開，我立即向外衝出去，可是我才一衝出，我的後腦，便受了重重的一擊。

我眼前一陣發黑，重重地仆倒在地。

我被那重重的一擊打得昏過去了！

我雖然昏了過去，可是，或許是因為我已服食了「不死藥」的緣故，我的感覺是十分異常的，我的眼看不到東西，四肢也不能動，也沒有任何感覺，耳中也聽不到什麼聲音，但是，我卻感到自己十分清醒。這的確是十分異特的感覺，因為好像在那一剎間，而且，靈魂和肉體，似乎已經分離了！

但是這個靈魂，卻是又盲又聾，什麼也感不到的。那種情形，才一開始的時候，是感到異特，可是等到感到了什麼知覺也沒有的時候，那卻使人覺得十分痛苦和恐怖，因為這正像一個人四肢被牢牢地縛住，放在一個黑得不見天日的地窖中一樣！

我的思想不但在繼續着，而且還十分清醒，這一陣恐懼之後，我自己又告訴自己，這是短暫的現象，我已昏了過去。但是由於我曾服食過超級抗衰老素的緣故，我的腦細胞一定受了刺激，所以在昏了過去之後，使我還能繼續保持思想。

我這樣想着，才安心了些，我只好聽天由命。由於我根本一點感覺也沒有，所以我也不知道在我昏了過去之後，駱致謙究竟是怎樣對付我的。我自然也無法知道我究竟昏過去了多少時候。

等到我又有了知覺的時候，是我聽到了一陣又一陣的尖叫聲。

我的聽覺先恢復，那一陣陣悽慘之極，充滿了絕望，可怖的尖叫聲，傳入了我的耳中，在初時聽來，聲音似乎是來自十分遙遠的地方。

但是，當我的聽覺漸漸恢復了正常之後，我卻已然聽出，那聲音就是在我的身旁不遠處發出來的！

而且，不但是那一陣陣的慘叫聲，而且，還有一下又一下的連續不斷的槍聲，和子彈尖銳的呼嘯聲，這一切驚心動魄的聲音，令得我的神經，大為緊張，我陡地睜開了眼睛來。

在我未睜開眼睛來之前，我已然覺得十分不妙了，而當我睜開眼睛來之後，我雙眼睜得老大，老實說，我是想立時閉上眼睛的，但是我竟做不到這一點——我看到的情形，使我全身僵硬，以致我根本無法閉上眼睛。同時，我也幾乎無法思想。

我從來也未曾親眼目睹過如此瘋狂、如此殘忍的事情過，駱致謙手中執着手提機槍，他在不斷地掃射着，子彈呼嘯地飛出，射入土人的體內，本來，島上的土人，只有在心臟部分中槍，才會引起死亡的。

但這時，駱致謙卻根本不必瞄準，因為他只是瘋狂地、不停地掃射。每一個土人的身上，至少被射中了二十粒以上的子彈。

在那麼多的子彈中，總有一粒是射中了心臟部位的，因之當我看到的時候，曠地之上，已滿是死人，有十幾個還未曾中槍的，或是未被射中致命部位的，只是呆呆地站着。

看他們的樣子，他們全然沒有反抗的意思，事實上，只怕他們根本不知該怎樣才好。

並不需要多久，那十幾個人也倒下去了。

槍聲突然停止，槍聲是停止了，因為我看到，駱致謙執住了槍機的手，已縮了回去，他已在伸手抹汗了。但是我的耳際，卻還聽到不斷的「達達」聲。那當然是幻覺，幻覺的由來，是因為我對這件事的印象，實在太深，太難忘了。

過了好一會，我才能開始喘氣，我喘氣聲，引起了駱致謙的注意，他轉過身，向我望來，並且露出了狼一般的牙齒，向我獰笑了一下：「怎麼樣？」

我激動得幾乎講不出話來，我用盡了氣力，才道：「你是一個……一個……」

正在我不知該用什麼形容詞去形容他的時候，他將槍口移了過來，對準了我，但是我還是大聲叫了出來：「你是一個發了瘋的畜牲！」

駱致謙突然又扳動了槍機！

但是，他在扳動槍機的時候，手向下沉了一沉，使得槍口斜斜向上，是以十多發子彈，呼嘯着在我頭頂之上，飛了過去。

我站了起來，向他逼近過去，那時候，我臉上的神情，一定十分可怖，因為他也出現了駭然的神情來，尖叫道：「你作什麼？」

就在他發出了這一個問題之際，我已陡地向前，一個箭步竄了出去，跳到了他的面前，同時厲聲叫道：「我要殺死你！」

他揚起手中的手提機槍，便向我砸了下來，可是我出手比他快，我的拳頭，已重重地陷進了他腹部的軟肉之中，這一拳的力道極重，駱致謙可能不知疼痛，但是他卻無法避免抽搐，他的身子立時彎了下來，同時，他手上的力道也消失了。

所以，當他那柄手提機槍砸到我的時候，我並不覺得怎麼疼痛，我甚至沒有停手，就在他身子彎下來之際，我的膝蓋又重重地抬了起來，撞向他的下頦。

他被我這一撞，發出了一聲怪叫，扎手扎腳，拋開了手中的槍，身子仰天向下，跌了下去，我立時撲向他的身上，將他壓住。

如果說駱致謙用機槍屠殺土人的行動是瘋狂的，那麼，我這時的行動，也幾乎是瘋狂的。

我在一撲到了他的身上之後，毫不考慮地使用雙手，緊緊地掐住了他的脖子，我用的力道是如此之大，以致我的雙手完全失去了知覺。我的心中，只有一個意念，那便是：我要掐死他，我一定要掐死他！

我手上的力道，愈來愈強，我從來也未曾出過那麼大的大力，我相信這時候的大力，可以將一根和他頸子同樣粗細的鐵管子抓斷！

他的頸骨，開始發出「格格」的聲響，他雙手亂舞，雙足亂蹬，可是，在他足足掙扎了五分鐘之後，他的掙扎卻已漸漸停止了。

同時，這時候，他張大了口，舌頭外露，雙眼突出，樣子變得十分可怖。

我見到了這種情形，心中第一件想到的事，便是：他死了。但我接着又想到，他是不會死的。

當我接連想到了這兩個問題的時候，我的頭腦清醒了許多，我進一步地又想到，他不能現在就死，那對我極之不利。

當我想到了這一點的時候，我雙手突然鬆了開來，身子也跌在地上。

剛才，我出的力量實在是太大了，因之這時我甚至連站立起來的力道也沒有。在我的雙手鬆了開來之後，駱致謙仍然躺着。

他兩隻凸出的眼睛，就像是一條死魚一樣地瞪着我，他全然不動，是以我根本無法知道他是死了，還是仍然活着。我喘了幾口氣，掙扎着站了起來。我的視線，仍然停在他的臉上。連我自己也不知道過了多久，我才看到他死魚般的眼睛，緩慢地轉動了起來，他沒有死，他又活了！

他眼珠轉動的速度，慢慢地快起來，終於，他的胸口也開始起伏了，然後，他以十分乾澀難聽的聲音道：「你幾乎扼死我了！」

他活過來了，任何人，在頸際受到這樣大的壓力之後十分鐘，都是必死無疑的了，但是駱致謙卻奇蹟也似地活了過來。

看來，除非將駱致謙身首異處，他真是難以死去的！他手在地上撐着，坐了起來。

他臉上的神情，也漸漸地回復了原狀，他也站起來了。

他站起來之後，講的仍是那一句話，道：「你幾乎掐死我了！」

我吸了一口氣，道：「我仍然會掐死你的。」

他苦笑了一下，跌跌撞撞地向前走出了兩步：「看來我們難以合作的了。」

他一面説，一面向前走着，我不知道他向前走來，是什麼意思，是以只靜靜地看着他。可是，突然之間，我明白他是作什麼了！

也就在那一剎間，駱致謙的動作，陡地變得快疾無比了，但是我卻也在同時，向前跳了過去，他迅疾無比地向前撲出，抓了機槍在手，但是，我也在同時跳到，雙足重重地踏在他的手上。

我雙腳踏了上去，令得他的手不能不鬆開，我一腳踢開了機槍，人也向前奔了出去。駱致謙自然立即隨後追了過來。

可是他的動作，始終慢我半步，等他追上來的時候，我已經握槍在手了。我冷冷地道：「別動，我一扳機槍，即使你是在『不死藥』中長大的，你也沒命了。」

駱致謙在離我兩碼遠近處停了下來，他喘着氣：「你想怎樣？」

我回答道：「先將你押回去，再通知警方，到帝汶島去找柏秀瓊！」

駱致謙道：「你準備就這樣離開？」

我向曠地上橫七豎八的屍首望了一眼：「當然，你以為我還要做些什麼？」

他徐徐地道：「我是無所謂的了，反正我回去，就難免一死，可是你，你準備帶多少『不死藥』回去？我可以提議你多帶一點，但是你能帶得多少？就算你能將所有的『不死藥』完全帶走，也有吃完的一天，到那時候，你又怎樣？你知道在什麼樣的方法下，可以製成不死藥？」

他一連串向我問了好幾個問題，可是這些問題，我卻一個也答不上來。

他又笑了笑：「我想你如今總明白了，沒有你，我可以另找伙伴，可以很好地生存下去，但如果你沒有了我，那就不同了。」

我呆了好一會，他這幾句話，的確打中了我的要害了，我後退了幾步，在一個已死的土人的腰際，解下了一個竹筒來，仰天喝了幾口「不死藥」。

我連自己也不知道為什麼在這樣的情形下，會有這樣的行動。那就像是一個有煙癮的人一樣，他是不知道自己為什麼會放下一切，而去點燃一支煙的。

駱致謙看到了這等情形，立時「桀桀」怪笑了起來：「我說得對麼？」

我陡地轉過身來，手中仍握着槍：「你不要以為你可以要脅到我，我仍然要將你帶回去，我一定要你去接受死刑！」

他面上的笑容，陡地消失了，他的臉色也變得難看到了極點。他頓了一頓，道：「你一定是瘋了，你難道一點不為自己着想？我告訴你，土人全部死了，只有我一個人，才會製造『不死藥』！」

我又吸了一口氣：「你放心，我不會乞求你將『不死藥』的製法講出來的。」說實在的，那時候，我對自己的將來，究竟有什麼打算，那是一點也說不上來的。但是，我卻肯定一點，我要將駱致謙帶回去！

我在土人的身邊，取下了一個極大的竹筒，將之拋給了駱致謙，我自己也選了一個同樣大小，也盛了「不死藥」的竹筒。

然後，我用槍指着他：「走！」

駱致謙仍然雙眼發定地望着我，他顯然想作最後的掙扎，因為他還在提醒我：「你真的想清楚了？你將會變成白癡。」

我既然已下定了決心，那自然不是容易改變的，我立時道：「不必你替我擔心，我自己的事情，我自己有數，你不必多說了。」

駱致謙的面色，實是比這時正在上空漫佈開來的烏雲還要難看，他慢慢地轉過身去，背對着我，又站了一會，才向前走去，我則跟在他的後面。

在到達海灘之前的那一段時間中，我心中實在亂得可以，我將我自己以前可能有什麼的遭遇一事，完全拋開，只是在想着，到了海邊之後，當然我是用潛艇離開這個小島了。

但如果仍是由那個日本人來駕駛潛艇，我就必須在漫長的航程中同時對付兩個人，這是十分麻煩的一件事。我自己多少也有一點駕駛潛艇的常識，如果由我自己來駕駛，那麼問題當然簡單得多了。

我已然想好了主意，所以，當我們快要到達海邊，那日本人迎了上來之際，我立即喝道：「你，你走到島中心去！」

那日本人開始是大惑不解地望着我，接着，他的肩頭聳起，像是一頭被激怒了的貓一樣，想要撲過來將我抓碎。但當然，他也看到了我手中的槍，是以他終於沒有再說什麼，依着我的吩咐，大踏步地向島中心走去。

那日本人沒有出聲，可是駱致謙卻又怪叫了起來：「那怎麼行，你會駕駛潛艇麼？」

我並不回答他，只是伸槍在他的背部頂了頂，令他快一點走。

我們一直來到海邊上，潛艇正停在離海邊不遠處，我有了上一次失敗在駱致謙手中的經驗，這次小心得多了，我出其不意地掉轉了槍柄，在駱致謙的頭上，重重地敲了一下。

他連哼都未曾哼出聲，便一個筋斗，翻倒在地上，我找了幾股野藤，將他的手足，緊緊地捆縛了起來，再將他負在肩上，向潛艇走去。

到這島上來的時候，我是昏了過去，被駱致謙抬上來的，可是這時，卻輪到他昏過去，被我抬下潛艇的了，我的心中多少有點得意，因為至少最後勝利是我的！

我將駱致謙的身子從艙口中塞了進去，然後，我自己也跟着進去，將駱致謙鎖在那間艙房中，替他留下了一筒「不死藥」。

而我，則來到了駕駛艙中，檢查着機器，我可以駕駛這艘舊式潛艇的，而且，我發現潛艇中的通訊設備，十分完美，只要我能夠出了那巨浪地帶之後，我就可以利用無線電設備求救的。

我先令潛艇離開了海灘，然後潛向水去，向前駛着，當潛艇經過巨浪帶的時候，在海底下，暗流也是十分洶湧，潛艇像搖籃也似地左右翻滾着，我直擔心它會忽然底向上，再也翻不過來了。

但這一切擔心，顯然全是多餘的，潛艇很快地便恢復了平穩，而且，我也成功地使潛艇浮上了水面，於是，我利用無線電求救。

求救所得的反應之快，更超過了我的想像，我在一小時之後，便已得到了一艘澳洲軍艦的回答，而六小時之後，當大海的海面之上，染滿了晚霞的光采之際，我和駱致謙，已登上這艘澳洲軍艦了。

軍艦的司令官是一位將軍，我並沒有向他多說什麼，只是將由國際警方發給我的那特別證件，交給了他檢查，同時，我聲稱駱致謙是應該送回某地去的死囚，而我正是押解他回去的。

司令並不疑及其他，他答應盡可能快地將我們送到最近的港口。

司令完全實現了他對我許下的諾言，二十四小時之後，我們已經上岸，而且立即登上了飛機，我也在起飛之前，實現了我當時許下的願望：我和白素通了一個電話，告訴她，我將要回來了。

在長途電話中聽來，白素分明是在哭，但是毫無疑問，她的聲音是激動的、高興的。

第三天中午，我押着駱致謙回來，出乎我意料之外的，在機場歡迎我的，除了白素之外，還有警方特別工作室主任傑克中校！

傑克中校顯然十分失望，因為他是想我永世不得翻身的，想不到我卻又將駱致謙帶了回來，但是他卻不得不哈哈強笑着，來表示他心中的「高興」。

駱致謙立時被移交到警方手中，載走了。

好了，事情到了這裏，似乎已經完結了，但是還有幾個十分重要的地方，卻是非交代一下不可的，尤其請各位注意的，是最後一點。

要交代的各點是：

（一）駱致謙立即接受了死刑，死了。

（二）柏秀瓊在帝汶島，成了白癡，因為她服食過「不死藥」，而又得不到「不死藥」的持續供應。駱氏兄弟十分相似，但是她是知道墜崖而死的是她的丈夫，然而，她是一個十分精明——實在精明得過分了的女人，所以，在她的丈夫死後，她竟和駱致謙合作，欺騙我，將駱致謙救了出來，她以為是可以藉此成為世界上最富有的女人的，結果卻只是一場春夢。

（三）在我回來之後的第三個月，有一則不怎麼為人注意的新聞，那是說，在南太平洋之中，忽然發生海嘯，海嘯來得十分奇怪，像是有一個島國因為地殼變動而陸沉了，可是這地方，似乎沒有被人發現過有島嶼。由於那裏的風浪特別險惡，是以除了空中視察之外，無法作進一步的檢查，而空中視察的結果則是：海面恢復平靜，不見有島嶼，但似乎有若干東西，飄浮海面之上。

當我聽到了這個消息之後，我知道，「漢同架」島陸沉了。也就是說，地球上只怕再也找不到由那種神奇的植物中所提煉出來的抗衰老素——「不死藥」了。

（四）第四點，也是最後的一點，要說到我自己了。

我在和白素團聚之後，不得不將「不死藥」的一切告訴她，我秘密地和幾個極著名的內科醫生、內分泌專家接頭，將這種情形講給他們聽。

幾個專家同意對我進行治療，他們的治療方法是，每日以極複雜的手續，抑制人體內原來分泌抗衰老素的腺體的作用，使我體內的抗衰老素的分泌，恢復正常，而在必要時，他們還要替我施行極複雜的手術。

那種手術，是要涉及內分泌系統的。他們這幾個專家認為，如果抑制處理的治療措施不起作用的話，那麼，就要切除一些分泌腺。

內分泌系統，一直是醫學上至今未曾徹底了解的一個系統，他們能不能成功地切除我身體之內的一部分內分泌腺，而我體內的一部分分泌腺被切除之後，會附帶產生什麼的副作用呢？

儘管要對我進行治療的全是專家，但他們也要我在一廂情願接受治療的文件上簽字。

當我在這個文件上簽下了我的名字的時候，我心中不住地在苦笑着。

我究竟變成一個什麼樣的人呢？

我相信白素的心中，一定更比我難過。

雖然她竭力地忍着，絕不在我的面前有任何悲切的表示，而且還不斷地鼓勵我。但是，我是可以看得出她心中的難過的，當她和我在一起的時候，她臉上雖然掛着笑容，但是她的手指，卻總是緊緊地扭曲着，表示她心中的緊張，而我，除了按住她的手之外，絕沒有別的辦法去安慰她，這實在是我不願多寫的悲慘之事。

我是否可以沒有事，既然連幾個專家，也沒有把握，而在那一段漫長的治療時間中，我必須靜養，與世隔絕。

結果會怎樣呢？其實大可不必擔心，我是連續小說的主角，當然逢凶化吉，不會有事的！

（全文完）

衛斯理小說典藏版 09

不死藥

作　　者：　衛斯理（倪匡）
責任編輯：　黎倩雲　黃敬安
封面設計：　三原色
出　　版：　明窗出版社
發　　行：　明報出版社有限公司
香港柴灣嘉業街18號
明報工業中心A座15樓
電　　話：　2595 3215
傳　　真：　2898 2646
網　　址：　https://books.mingpao.com/
電子郵箱：　mpp@mingpao.com
版　　次：　二〇二〇年七月初版
二〇二二年七月第二版
I S B N：　978-988-8687-23-7
承　　印：　美雅印刷製本有限公司